「わたし」は「わたし」になっていく

落合恵子

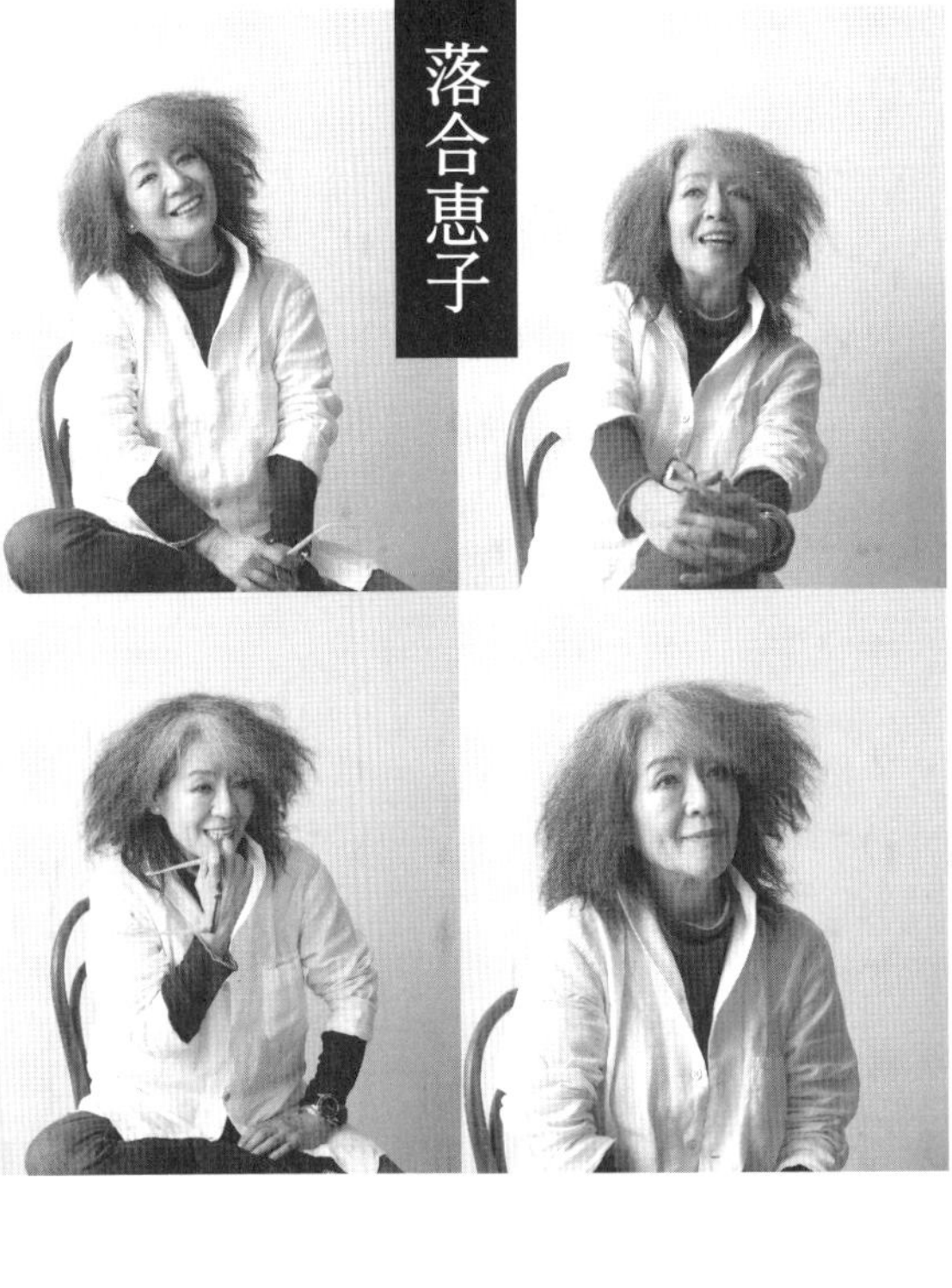

東京新聞

「わたし」は「わたし」になっていく

本書は２０１３年６月10日より11月９日まで、東京新聞・中日新聞に連載された「この道」に加筆・修正したものです。

記憶の写し絵 14
女だけの家 16
クレゾールの匂う部屋 18
ストレプトマイシン 20
海苔巻の行方 22
秘密のある家 24
足踏みミシン 26
欠如と過剰 28
置き去り感 30
なれそめ 32
金色の日々 34
「普通」という呪縛 36
小さい家出 38
気前のいい子 40
同情という名の……。 42
アコーディオン 44
マスキンのアイス 46
上京の日 48
個人と社会 50
抗い 52
暮らしの中の闘い 54
怒る 56

眠るな、たてがみ　58
階段の指定席　60
よっぽどのこと　62
かぎっ子　64
足裏の豆　66
原っぱ　68
日曜日の子ども　70
東京のチロ　72
病院の七夕　74
おねえさんたち　76
夏の子ども　78
女たちの戦後　80
白と紺　82
小豆色の電車に乗って　84
食パンの耳　86
秘密の共有　88
子犬たちの行方　90
新聞紙の包み　92
差別意識　94
引っ越し　96
母の入院　98
注意散漫　100

帰還……102
13800円……104
はじめての対立……106
はひふへほ、事件……108
一九六〇年……110
サボタージュ……112
退学騒動……114
石灰化巣……116
背伸びの時空……118
午後の時間割……120
しーちゃんの再入院……122
断る……124
キャベツのままで……126
靴擦れ……128
八月の夜……130
ワシントン大行進……132
誰かが誰かに……134
魔女志願……136
キャッチャー……138
ケネディ暗殺……140
デモのさなかに……142
就職試験……144

女子も可……146
決定……148
新しい扉……150
劣等感……152
隠れ家……154
一九六八年……156
失った声……158
賞与……160
夜明けの時間……162
解放区？……164
自意識……166
百回……168
リスナー……170
若者、たち？……172
なんでもあり……174
できません……176
誰かいない？……178
女の居場所❶……180
女の居場所❷……182
問題発言……184
甘噛み……186
会いたい人……188

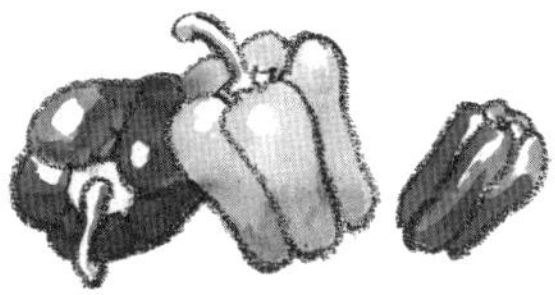

メリーゴーラウンド……190
辞表……192
第二の誕生日……194
前夜……196
ハイテンション……198
夜明け前……200
のけぞる……202
深呼吸の時空……204
わたしのフェミニズム……206
欠如の体験……208
子どもの本とは……210
反《アンチ》……212
生還者……214
母の匂い……216
ルーザー……218
九月の歌……220
一九八〇年……222
不眠の日々……224
飴と鞭……226
抗う……228
新生……230
ハルニレ……232

ちょっと待って……234
感謝……236
学習会から……238
七世代先の……240
証人……242
バースがきた……244
彼❶……246
彼❷……248
彼の死……250
お帰りなさい……252
書店経営……254
返品せず……256
八百屋のある本屋……258
八百屋誕生……260
足踏みの時……262
母の庭……264
秋の後ろ姿……266
仕事と運動体……268
ある日、孤独と……270
書店が消える……272
またもや、無謀……274
絵本の時間……276

私の半沢直樹……278
万華鏡……280
若い父親から……282
沈黙。それは破るため……284
落し物……286
降りない……288
丁寧に怒る……290
湯気の中で……292
いまここにある……294
怒髪の道……296
天使のハンマー……298
いまだ途上……300
後書きにかえて……302

記憶の写し絵

写したい絵の上に一枚の薄紙を、そっと重ねる。そうして2Bの鉛筆の先で、下に置いた絵の輪郭を丁寧になぞっていく。

子どもの頃によくやった遊びだ。絵は花であったり、絵本の中の小動物であったり、枝を広げた一本の樹《き》であったりした。

鉛筆の先は太すぎても尖《とが》りすぎてもいけない。しかし、どんなに細心の注意をこめて写しとろうとしても、写した絵はある部分が強調され過ぎたりして、もとの絵とは違って、失望した子ども時代があった。

記憶を言葉に置き換えようとする行為もまた、どこか写し絵に似て、「もとの絵」とずれてしまうことがあるのではないだろうか。「この道」を書くに当たってふっと不安になるのは、そのことである。

一方、そのずれも含めて、丸ごと個人の記憶なのかもしれないと思うわたしがいるのも確かだ。きわめて乱暴な言い方をしてしまえば、わたしたちは、主観以外の何を記憶に求めることができるだろう。

それにしても記憶とは、個人にとってどんな役割を果たすものか。

ある時は、重すぎる現実に対する一時的な避難所になってくれるかもしれない。しばしそこに逃げ込み、外界のすべてから耳を塞《ふさ》ぎ、懐かしい思いを辿《たど》ることで、心に束《つか》の間の深呼吸と安堵《あんど》を取り戻すための。そして、そこから再び立ち上がり歩きだすために、背中を押してくれるのが記憶かもしれない。あるときは、「こうなってしまった」現実を前に、悔いや自己嫌悪にとらわれつつ、「こうありたい」と願っていた「もとの絵」に戻すための軌道修正をするときの下絵に、記憶がなってくれる場合もあるだろう。

記憶とはそもそも、どれほど正確なものなのか。特に子ども時代のそれは、自分自身が確かに記憶しているものなのか、周囲の大人から聞かされた断片を自分なりに組み立て直したものなのか。わたしの記憶は断片であり、流れるようにつながってはいない。

さあ、わたしが出会った人々との「再会」。はじめてみよう。

二〇一三年六月十日掲載

1歳の誕生日

女だけの家

梅雨の合間の、晴れた午後だった。敗戦から五年と数カ月ほどたった栃木県宇都宮。一九四五年一月生まれのわたしの最も古い記憶は、たぶんこの家からはじまる。

戦火を免れた平屋のこぢんまりとした木造住宅が、わたしの家だった。家の中で最も広いのが居間で、ほかに小部屋が三つぐらいあったような気がする。

玄関の横には満点星《どうだんつつじ》が植えてあり、春には鈴蘭《すずらん》に似た俯《うつむ》き加減の白い花をみっしりとつけた。冬には寒く、夏には暑い台所を抜けると、小さな風呂場があった。

居間の縁側に面した裏庭には、柴犬のチロの犬小屋が。鼻の周りが黒く、足先だけはソックスをはいているように白い、精悍《せいかん》な犬だった。家族はチロだけが男性で、祖母と母と叔母たちとわたし、女ばかりの家だった。

叔母は三人。上から「静恵・しーちゃん」、「智恵・ちーちゃん」、「照恵・

てるちゃん」。長姉にあたるわたしの母春恵を、祖母や叔母たちは、「はーちゃん」と呼んでいた。恵子というわたしの名は、それぞれの「恵」からとったとも、叔母のひとりが愛読していた石坂洋次郎の小説『若い人』の主人公からとったとも言われていて、どちらが正確なのかはわからない。

ちーちゃんは学校の寄宿舎に入っていて、時々帰ってくるだけだった。帰ってくると、「おなか、へった」と台所に駆け込み、冷えたご飯に味噌《みそ》汁をかけて猛烈な勢いでかきこんでいた。もうひとりの叔母、母のすぐ下の妹にあたるしーちゃんは家にいたが、「おびょうきだから、じゃましちゃいけないよ」。しーちゃんの食器とわたしたちのそれらは、洗うのも別だった。「にっこうしょうどく」というのが、地元に近い日光東照宮と関係があるのだ、と子どものわたしは思い込んでいた。

しーちゃんの部屋の小さなラジオから、『憧れのハワイ航路』や『港が見える丘』が聞こえていた。

二〇一三年六月十一日掲載

てるちゃん㊧とちーちゃん

クレゾールの匂う部屋

しーちゃんは、家の中で最も日当たりのいい小さな部屋で一日の大半を過ごしていた。この部屋には入ってはいけない、と言われていた。

天気のいい日は縁側に出て日向《ひなた》ぼっこをするしーちゃんだったが、「あんまり長い間、直射日光に当たったっちゃいけないよ」と祖母が繰り返し言っていた。

子どものわたしが近くに行こうとすると、掌《てのひら》を立てて押し戻す仕草《しぐさ》をするしーちゃんだったが、柴犬のチロに対しても同じ仕草をし、チロもそれを理解していたようだ。

チロは薄めた味噌《みそ》汁をかけたご飯を食べる。わたしたちが残したものなのだが、しーちゃんが残すものは、アルマイトのチロの食器に移されることはなかった。それもしーちゃんの意向だった。

しーちゃんの手は白くて薄く指が長く、爪もきれいに整えられて、祖母や母のそれとはまったく違って見えた。

部屋にいるときのしーちゃんは、布団のうえで文庫本を開くか、ラジオを聴きながら肩の下まで伸びた長い髪を丁寧に梳《と》かして三つ編みにするか、手鏡をのぞきこんでいるか、青色の表紙の手帳に何かを書いているかだった。しーちゃんが大好きだったひとが、戦争で死んだと聞いたのはずっと後のことだ。

外遊びに飽きたわたしが、部屋に入ろうとすると、しーちゃんはやはり、白く薄い手で立ち入り禁止の合図をよこした。指が長いしーちゃんは、わが家でひとりだけマニキュアを塗っていた。

しーちゃんの部屋の前、襖《ふすま》の取っ手の横には丈の高い古い小机が置いてあり、ホウロウの白い洗面器がのせてあった。中にはいつもクレゾール液が入っていた。毎朝、新しい液にとりかえるのは、母だった。クレゾールが入った器は、家のあちこちにあったように思う。

しーちゃんの「おびょうき」が何なのか。

子どものわたしに教えてくれたのは、家族ではなく、近所の大人たちや、少しずつ増えていった遊び友だちだった。

二〇一三年六月十二日掲載

しーちゃん
1959年1月

ストレプトマイシン

　家族の中では「おびょうき」と呼ばれていたのが、しーちゃんが家の中のひと部屋で大半を過ごす理由で、正式な病名を訊《き》いたことはなかった。その「おびょうき」が「はいびょう」だと教えてくれたのは、近所の大人と遊び仲間だった。「けっかく」と教えてくれたひともいた。

　人見知りは激しかったが、少しずつ外の世界との接触が増える頃、しーちゃんの病名はこうしてわたしの中に入ってきた。

「はいびょう」と「けっかく」が同じ病気を意味するのだと知らなかったわたしは、しーちゃんが二つの重い病気にかかっているのだ、と思い込んでいた。その病名を告げるときの大人の秘密めいた口調が、ただごとではない「おびょうき」を伝えていた。

　たぶんわたしが生まれる前から家の中にたちこめていたであろう、クレゾールの匂いの理由も、「はいびょう」と「けっかく」という病のためだと知っていく。

「前はね、治らない、死んじゃう病気と言われたんだよ」

そう教えてくれたのも近所の大人だった。子どもはもっと別の、まっすぐな言い方だった。

「恵子ちゃんちの家の前を通るときは、息を止めて走れーって言われてるんだよ」

そうか。だからわたしのところには、家の中に入るお客が少ないのか。小さな子どもが知った、それが最初の「世間」だったかもしれない。

敗戦の年に生まれたわたしがはじめて知った横文字の言葉は、ガムでもチョコレートでもビスケットでもなく、「ストレプトマイシン」だったのではないだろうか。それがしーちゃんの病気に効く薬だという話を、祖母と母がしているのを耳にしたのだ。子どもにとっては覚えにくい呼称をそらで言えるほどになったのは、わが家で何度となく話題になっていたからに違いない。

ストレプトマイシン、ストレプトマイシン！　響きが面白くて、わたしは覚えたての言葉を歌うように繰り返した。

二〇一三年六月十三日掲載

海苔巻の行方

郷里の栃木は干瓢《かんぴょう》の産地で、しょっちゅう食卓にのった。煮ものや、干瓢とジャガイモの味噌《みそ》汁。小さなわたしは、干瓢をしんにした海苔巻《のりまき》も大好きだった。

普段の食卓といえば、祖母が作っていた畑からとってきた野菜が中心で、子どもの夏の朝一番の仕事は、膝まで朝露に濡《ぬ》らして、大きな籠いっぱいにトマトやキュウリ、ナスをもいでくることだった。

野菜の花に、庭の花とはまた違った美しさがあることを知ったのも、その頃のことだったか。キュウリには黄色の、ナスにはうす紫の花が咲き、トマトの葉を指先でこするとトマトと同じ匂いがすると知ったのも、幼く古い記憶だ。

食卓に海苔巻や稲荷寿司《いなりずし》が時折り、のることがあった。ご馳走《ちそう》である。「肺病」だと声を潜めて近所で噂《うわさ》をされているしーちゃんの好物だったからだ。食が細いしーちゃんの食欲がさらに落ちると、祖母や母は海苔巻と稲荷寿司をせっせと作った。わたしも大好物だったから、しーちゃんの食欲が落ちることをどこかで待っていたような気もする。そのことは、大人になってからのわたしの、しーちゃんにまつわる淡い後ろめたさのひとつになったのは確かだ。

海苔巻と稲荷寿司を作ると、「もったいない」が口癖の祖母が珍しく気前よくなって、「ご近所に届けておいで」。大皿にのせて、わたしにことづける。饅頭《まんじゅう》を蒸《ふ》かしても、トウモロコシを茹《ゆ》でてもそうだった。

「恵子の味方をつくっとかなきゃね」

祖母はそうも言った。人見知りなわたしにもすでに友だちと呼べる子は何人かいたし、遊び仲間は隣町にもいた。家の近くの二荒山《ふたあらやま》神社の長い石段を速足で駆け上がることを競い合う友だちもいた。

味方って何のこと?

祖母からの届けものは急《せ》かすように受け取られて、その家の皿に移されたが、「食べなかった。すぐに捨てちゃう」。新しくできた友だちにそう教えられて、しーちゃんの「おびょうき」とつなげて考えられるわたしになっていた。

二〇一三年六月十四日掲載

秘密のある家

これは叔母のひとりに聞いたことで、わたし自身の記憶ではないと思う。

母の末妹、てるちゃんが高校から帰宅し、通用口として使っていた裏木戸をあけようとしたとき、幼いわたしとちょうど鉢合わせになった。見ると、わたしが血相かえている。

「どうしたの？」と訊《き》いても、返事はない。自分の身の丈の何倍もある物干し竿《ざお》をずるずると引きずって外に持ち出そうとしていた。

「どこに行くの？」

てるちゃんのことばに、小さなわたしは答えない。前方を真っ直《す》ぐにらみつけ、早く外に出ようと必死で取り組んでいた。けれど、長い物干し竿が木戸にひっかかって、思うようにいかない。そんなところに、てるちゃんは差しかかったのだ。

子どもと物干し竿の格闘を、遊びの延長と思ってか、柴犬のチロが全身をシッポにして吠《ほ》えかかる。裏庭でも外でも、いつも一緒のチロだった。

結局、わたしは自分が引きずった竿に足をとられて、その場に転んでしまったらしい。地べたに座り込んで、その拍子に堰《せき》が切れたように大泣きをはじめた。てるちゃんの目に映ったのは、それだけだったが、そこに至るまでの物語があったのだ。

「てなしっこ」

誰かが言いだした。

「とうちゃん、いないんだよな」

ほかの誰かが続いた。

「戦争中もへいたいさん、出せなかった家なんだ」

「ひこくみん」「ひこくみん」

そんな言葉が次々にわたしを取り巻いた。このエピソードは拙著『崖っぷちに立つあなたへ』(岩波書店)にも書いた覚えがある。わが家が「はいびょうのしーちゃんのいる家」だけではなく、みんなの家とは違ったところのある家だと、薄々《うすうす》感じはじめた頃だった。

友だちと外で遊ぶ夕暮れ。誰かの頭を大きな掌《てのひら》が包み込むようにして、ゆすっていく。あの大きな手の持ち主が「お父さん」というもので、うちにはいないことをわたしは知っていた。

二〇一三年六月十五日掲載

てるちゃん

足踏みミシン

居間の箪笥《たんす》の上のラジオから、美空ひばりの『悲しき口笛』が流れていた。曲名も歌詞も、歌好きの母に聞けば教えてくれた。

「八重桜が散るのを待ってからだよ」。そう祖母に教えられて蒔《ま》いた朝顔の種子が、いまはもう裏庭の垣根にしっかりと蔓《つる》を絡みつかせている。糸瓜《ヘチマ》棚の向こう、陽《ひ》当たりのいい一隅ではカンナやダリアが育ちはじめていた。

縁側の下から裏木戸まで点々と続く敷石のところだけを外して、地面一面に松葉牡丹《まつばぼたん》が紅や黄、桃色や白の花をみっしりとつける夏がそこまで来ていた。

飴色《あめいろ》に光る縁側で、ラジオに合わせて鼻唄まじりの母は、足踏みのミシンを使っていた。わたしの夏服を縫っているのだ。

服といっても、ほぼ正方形に近い一枚の布を真ん中でふたつに折り、一方の端を真っ直《す》ぐに縫って筒状のものをつくる。それから、頭と両の腕を通すところをかがり、最後に裾をあげれば出来上がり、の簡単服である。

祖母は裁縫の教師をしていた時期もあったようだが、さほど洋裁が得手ではない母も、この筒状の簡単服だけは得意で、押し入れの奥から端切れを見つけてはミシンを踏んでいた。頭を通すだけで、すとんと着ることのできるこの服を、わたしは大好きだった。

　この筒状の簡単服を、祖母は「アッパッパ」と呼んだ。それはわが家だけの呼び方だと思っていたが、「up a parts」からきた名であるらしいと知ったのはずっと後のこと。それよりさらに後、わたしが十代の頃に、サックドレスという袋状の服が流行《はや》ったことがあったが、

「アッパッパと、おんなじじゃないの」

　うちではとっくの昔に流行っていたとでもいうように、祖母が得意気《げ》な表情で頷いた記憶がある。

二〇一三年六月十七日掲載

欠如と過剰

「無敵のツネさん」

祖母は家の中で、そう呼ばれていた。

ツルの一声をもじって、ツネの一声とも。わが家では、祖母が絶対であり、法律そのものだったが、どこか豪快で面白いひとだった。

朝の食卓に味噌《みそ》汁と一緒に無理難題を載せて、日が沈むまでにそれが娘たちによって叶えられるかどうか試すようなところも、祖母にはあった。

特に四人の娘たちの長姉であるわたしの母に対して、祖母はそれを求めた。無理難題の速やかなる実現に向けての献身的な努力を、である。そのくせ、孫のわたしにはなし崩しの甘さをみせて、子どものわたしでも恥ずかしくなるような贔屓《ひいき》を平然とした。

縁側に並んで座った親類の子どもたち。わたしより大きな子もいれば、小さな子もいた。それぞれの子どもの掌《てのひら》に、祖母はカラカラと缶の音をさせながら果物の味がするきれいな色のドロップをのせていく。赤はイチゴの味。

黄色はレモン。だいだい色はミカン味。色とりどりのドロップのなかで、数が少ない薄荷《はっか》味は子どもたちの人気の的だった。白いそれが偶然自分のところに来れば、あたり！である。けれどその確率は低かった。

しかし、わたしにだけあたり！の「偶然」が続いた。キャラメルの数や、折り紙の枚数が、偶然多いこともあった。ほかの子より少なくても嫌だけれど、多くても居心地が悪い。無敵のツネさんは、そんなことはおかまいなしだった。祖母にとって、「この子は不憫《ふびん》な子」であったのだから。

子どもはそんなことに敏感だ。愛されることは心地良いことだったが、愛されすぎることは正直、窮屈だった。もしかしたら、といまになって思う。祖母自身、子ども時代の自分と孫のわたしをどこかで重ね、一体化していたのかもしれない、と。

子どもの頃の自分が求めてやまなかったもの、けれど決して手にできなかったもの、充分《じゅうぶん》な愛情や保護を、自分と同じように父親のいない「この子」に窒息しそうなほど浴びせかけることによって、欠如という凍土を、祖母はせつなくも温めていたのかもしれない。

置き去り感

ひとは、いつ、どこで、どのようにして、そのひと自身になっていくか……。それはわたしが他者と、そして自分自身と向かい合う時、最も心惹《ひ》かれるテーマのひとつである。

「無敵のツネさん」と呼ばれた祖母は、いつ、どこで、どのようにして、彼女自身になったのだろう。わたしが知っているのは、わたしが知り得た祖母の、ごく一部でしかなかったかもしれないが。

これもどこかに書いた記憶があるが、ツネさんは、幼い頃に父親を結核で亡くしたために、人生が一変する。

父親がいなくとも、母と共に過ごしてきたツネさんの子ども時代は、ある日、突然終わりを告げる。ツネさんの母親、わたしの曽祖母にあたるひとは、当時の家父長制のもと、「後継ぎにならない」女の子であるツネさんと一緒に、長兄が跡をついでいた実家に戻された。

日が高いうちに母親と一緒に入った風呂のことを、ツネさんは七十代になっても忘れていなかった。その日、湯船の中で母親は言った。

「かあちゃんが、よその家のかあちゃんになっても、一生ツーちゃんの、かあちゃんであることに変わりはないよ」。

母親からツネさんは、ツーちゃんと呼ばれていた。ツネさんの知らないところで、母親の再婚話はすすんでいた。

妻に先立たれ、幼い子どもたちと暮らす男が町にいる。ツネさんを実家に残してくるなら、ツネさんの学費の面倒はみよう。そんな約束もすでに決まっていたようだ。

「学校なんていらん、かあちゃんといっしょに暮らすほうがいい。ずっとそう思っていた」。ツネさんから、そう聞かされた記憶もある。炬燵《こたつ》にふたりだけだったと思う。「ててなしっこ」とはやされて、泣いて帰ったわたしを、慰めるためにそんな話をはじめたのではなかったか。

長い間ツネさんは、自分が愛されるのに値しない子だから、母親は、「よそのうちのかあちゃん」になってしまったのではないかと思い込んでいたという。いくら、お前の母親であることに変わりはない、と言われてもである。置き去りにされたという感覚は、彼女という人格をつくりあげる要素のひとつになったことは確かだと思う。

なれそめ

古い分厚いアルバムの中の、一枚の写真をいくつもの頭が熱心に覗《のぞ》き込んでいた。

「ほう、これがお祖母《ばあ》さまですか。おきれいでした、いや、いまでもおきれいですが」

柴犬のチロと裏庭に敷いたゴザの上でお客さんごっこをしながら、わたしはお客と祖母たちの話に耳を澄ませている。

「このかんかん帽の青年が、若き日のお祖父《じい》さまですか」

どこかにいまでもあるはずだが、わが家の最も古いアルバム、その一ページ目にある写真である。祖母から何度も見せられているから、覚えてしまった。

肩をくみあった数人の青年たちと、日傘をさした娘たちが海を背にして写っている。日傘の下で眩《まぶ》しげに目を細めた手前の娘が祖母で、開襟の木綿のシャツ姿の日に焼けた青年が、祖父だった。

家族に「はいびょう」がいる家に遊びに来る客は少なく、来たものにはアルバムが必ずと言っていいほど披露されるのだった。そうして、祖父母のなれそめについて、当時はそこにいたはずもない母や叔母が語り、主役の一方である祖母のツネさんは「いやですよ、年寄りをからかって」などと言いながら嬉《うれ》しげなときを過ごすのだ。

「ということは、恋愛結婚ですか」

「そう、行李《こうり》いっぱいの手紙を交わしたんですって」

それぞれが驚いたり感心したりと、それぞれの役を過不足なく演じているような不思議な時間が終わり、お客が帰った後も写真をめぐる話題が続くこともあった。

「おとうさんも、やるもんね。そこにいた娘さんたちひとりひとりに名刺を渡していって、おかあさんにだけ渡さない。『あ、名刺が切れてしまった、ごめん。あなたには後で送りましょう、住所を教えてください』、か」

末の叔母、てるちゃんが声音を変えて続ける。

金色の日々

茨城県、大洗の海岸で出会ったツネさんと師範学校の学生だった吉之助さんは、行李《こうり》いっぱいのラブレターを交わし、彼の卒業を待って結婚した。

ふたりが出会った夏の日の写真の次ページ、古いアルバムに貼られているのは、文金高島田のツネさんと紋付羽織姿の吉之助さんのモノクローム写真（実際は紅茶色になっているが）である。

「優しくて、凛々《りり》しくて、わけへだてのない立派なひとだった」

四人の娘に恵まれたこの日々が、子ども時代に充分《じゅうぶん》な保護を味わうことなく成長したツネさんにとって、最も幸せで満たされた時期であったにちがいない。

「卵の黄身みたいだったね。金色に光っていたね」

晩年の祖母は、若くして死んだ祖父との結婚生活をそんな風に述懐していた。

実家に自分を置いて再婚してしまった母親、わたしからするなら曽祖母の人生を祖母自身があらためて捉えなおすことができるようになったのも、この頃だったかもしれない。追い立てられるような、追い詰められるような崖っぷちの日常では、周囲を見回すことも、誰かの選択や決定の意味を深く考えることも難しい。

育児は大変だったが、夫は協力的だった。

「先生んち、先生が子どもをおぶって、洗濯物を干しとるよ」

村では評判だったという。

吉之助さんはツネさんに本を読むことも勧めた。目の前の子どもたちに手はかかっても、ツネさんの視界は広がっていった。

再婚した母親に対しても、別の見かたができるようになっていた。母は自分という娘を遺棄したのではない。自分のものでありながら自分で決めることのできない人生を送る女たちが社会には少なからずいる……。

卵の黄身のような暮らしはしかし長くは続かず、川釣りをした時の小さな傷が因《もと》で祖父は急逝する。破傷風だった。

祖父　吉之助

「普通」という呪縛

父親がいないということが、子どものわたしに、どれほどの意味を持っていただろう。

大人になってから、考えたことがある。結論からいえば、わたし自身にとってさほど大きなことではなかったと思う。自伝的小説と呼ばれた『あなたの庭では遊ばない』でも、それについて書いたことがあった。

父親が「いない」ということが、生まれた時からの、わたしの「普通」であった。そして母をはじめ、周囲からはたっぷりの愛情と保護を贈られていたから、欠如感はさほどなかったような気がする。

そこにあったものが、ある日突然なくなってしまったなら、自分の視界から消えたという喪失感はあるだろう。しかし、最初から「いなかった」のだから、「いない」という状態が、その子にとって慣れ親しんだ現実であった。その family の中で慣れ親しんだもの、familiar なことこそ、子どものわたしには「わたしの普通」であった。

ひとの数だけ「普通」はあるのだ。あるいは、こうも言える。社会が「普通」と呼んでいるのは、多数派のそれでしかない、と。従って、生まれつき父親がいないという「実感」は、いつもわたしの内側からではなく、外側からやってくる事実であり、認識の仕方だった。

親戚の大人はしかし、わたしに同情的だったし、わたしを父親のいない子にさせてしまった母に対しては厳しかった。祖母もまた同じだった。

一家に「男がいないこと」を「外聞が悪い」と感じていた祖母の苛立《いら》ちや嘆きは当然、母に向かった。祖母自身、父親を早くに亡くし、大恋愛の末に結婚した夫も三十代で失っていたから、わたしの母親（祖母の長女）が「ちゃんとした結婚」をすること。女系であることを引け目に感じてきたこの家に男性を迎えることを、どれほど待ち望んでいたか。なんともせつない、願望だ。そういった意味で、祖母も、男性優位社会の枠組みと多数派の「普通」を刷り込まれたひとりであったのだろう。それでも、なのか。それだから、なのか。祖母は、父親のいない子として生まれてきたわたしに、なし崩しの甘さを見せた。わたしは「ただの子ども」として、生まれてきただけ、なのに。

小さい家出

一九五〇年代のはじめに子ども時代を過ごした多くの子の夏は、多様ではないようだ。どこか共通した夏を過ごしてきた。

垣根の外。裏道に沿って植えられた向日葵《ひまわり》の蕾《つぼみ》がはじけて夏が来る。赤いカンナは鶏のトサカのように花をつけ、裏庭は一面の松葉牡丹《まつばぼたん》の花盛りだった。

子どもの夏の一日は、畑から野菜をもいでくることに始まった。ナスは味噌《みそ》汁と塩もみに、トマトはそのまま塩を振って、キュウリはワカメと酢のものに……。朝露に膝のあたりまで濡らし、ひと抱えもある大きな篭《かご》にもいできた夏野菜はそのまま食卓に並び、残りは祖母自慢の糠床《ぬかどこ》の中におさめられていった。

祖母の、わたしへの甘さは続いていた。わたしは不憫《ふびん》な子だと言われるのがいやだったが、祖母はよくそう言った。

親類の子が一堂に会した法事などで、わたしにだけ飴玉《あめだま》やお菓子、お皿の上の料理が多いのは、とてもばつが悪かった。子どもはそんなことに敏感で、ほかの子も気づいていたはずだ。

そんなある日だったか。記憶は定かではない。柴犬のチロと「家出」を試みたことがある。蒸《ふ》かしたサツマイモだったか、茹《ゆ》でたトウモロコシだったかを持ってのプチ家出である。家出の終着点は、なんてことはない、裏庭の縁の下だった。一度は少し遠くまでいって、結局はこっそりと戻ってきたのだ。

床下にチロともぐりこみ、並んで腹言《はらげ》って、「恵子がいない」と右往左往する大人たちの膝から下をわたしたちは観察していた。チロも息を殺したわたしの気配がわかるのか、じっとしていた。原因は何だか忘れてしまった。「特別扱い」に対する子ども側からの異議申し立てだったかもしれない。

ずっとあとになって、母からこんな話を聞いたことがあった。

「お祖母ちゃまに、恵子を特別扱いしないでと頼んだことがあった……」と。

その点、母はクールだった。

「恵子に特別扱いされることや、同情されることに慣れた子になってほしくなかった。人生のうまくいかいことの理由のすべてを、父親がいないことに求める子になってほしくなかった」

気前のいい子

わたしの頭の上で、大人が言った。

「気前のいい子だね」

もうひとりの大人が、それに応じた。

「おとうさんがいないのに……」

気前がいいことと父親がいないことの間にどんな関係があるのか、わたしにはわからなかった。

気前がいいと誉《ほ》められるときも、意地っ張りだねと呆《あき》れられるときも、「おとうさんがいないのに」と同じ言葉で説明されることが不思議だった。

夕方、家に帰ってくる男のひとがいないことを、重大なこととは子どものわたしは捉えていなかった。生まれた時から家にいない人だった。

そこに確かにいたものがいなくなるのなら、喪失感が生じたかもしれないが、最初からいないのだから。夕方になって帰ってくるのは、わが家の場合は母だった。

遊び仲間の家では、父親がすることのほとんどは、家族の誰かがやってくれた。父親がいないことで困るのは、いないという事実にことさら感情移入をする大人が多いことだったのではないかと、いまにして想像する。

「かわいそう」と言われても、子ども自身はそう考えていないのだから、どう応えていいのかわからない。わたしは、わたしの普通を生きている……。子どものわたしは、そんなふうに考えていたのではないだろうか。

わたしの前では、父親というものについて、いっさい口にしない親類もいた。普段からやさしいお姉さんたちだったが、それはそれで居心地悪かった。

一方、子どもたちは容赦なかった。「てなしっこ」と囃《はや》し立てられることもあった。母はそのことについて、次のように言った。一字一句覚えているわけではないが。

「おとうさんがいない子を、そんなふうに呼ぶひとがいるけれど、いい言葉じゃないから、あなたは使わない方がいい」

それで、納得!だった。

二〇一三年六月十八日掲載

小学入学前

同情という名の……。

子どものわたしに関する、大人たちからの言葉や評価の中で、もっとも苦手だったのは、敢《あ》えて言葉にするなら、「同情」と呼ばれる類いのものだったろう。

あからさまな攻撃なら、対抗もできる。しかし、同情となると、どう対応したらいいのか、わからなくなるのだ。

「てなしっこ」と誰かが言えば、多くの子どもはそれに同調した。が、遊び仲間の中でひとりかふたりは同調しない子もいた。そんなことを言ったらいけない、と家族の中の大人から言われているのかもしれなかった。その子たちに、わたしは感謝すべきだったはずだ。が、妙に「かばってもらっている」、「気をつかってもらっている」という意識も、正直、落ち着かなかった。

それでも、わたしはわたしの子ども時代を存分に楽しんでいた、のだと思う。

朝食をすますと、「帽子、かぶりなさい。飛ばされないように顎にゴムひもかけて」。そんな声を背中で聞き流しながら外に飛び出した。

麦わら帽子のゴムひもは、すぐに吹きだしてくる汗とこすれて痛痒くなった。

外では遊び仲間が待っていた。途中で何度か休んだが、「よーい、どん」で、二荒山神社の長い長い石段を駆けあがったり、駆け降りたり。近くの「立ち入り禁止」の沼にいって、釣りをしたり。収穫はいつも、沼に生える水草だったが。

十時と三時には、おやつが待っていた。

すでに朝におやつの「予告編」がある日もある。裏庭の隅には井戸があった。その近くに水を張った大きなタライが置かれ、西瓜《すいか》が入っている日のおやつはそれだった。

縁側に並んで、首から胸にかけて手ぬぐいを回して、かぶりつくのだった。

遊ぶことが仕事だった子どもの夏の日。

祖母をはじめ、叔母たちが顔や胸のあたりまで掌《てのひら》でパタパタと叩《たた》きこむへチマ水をつくるヘチマも、竹棒を組み合わせた棚に、黄色い花をつけていた。

二〇一三年六月十九日掲載

アコーディオン

敗戦後の郷里、宇都宮での日々をノスタルジーだけで書くことはできない。

子ども時代、映画館に行くのは、ハレの日だった。たまに、公会堂に童謡歌手がきて、叔母に連れられて「実演」を観《み》に行った。

そんな時、街の目ぬき通りや、公会堂の近くに、白い着物を着た男のひとが立っていることに気づいた。男のひとは、ハーモニカを吹いたり、アコーディオンを弾いたりしていた。アコーディオンを弾くひとは、一方の足の膝から下がなく、代わりに茶色っぽい木の足をつけていた。「傷痍《しょうい》軍人」というのだと、大人が教えてくれた。「戦争にいって、怪我《けが》をしたひと」だ、と。

男のひとは、自分たちが立つ地面に、ブリキの缶や箱を置いていた。中には、一円札や五円札が入っていた。たくさん入っているときもあれば、一、二枚のときもあった。空っぽの時もあった。

日曜の昼間で、通りに子どもたちが多いと、ハーモニカやアコーディオンから童謡が流れた。

♪みかんの花が咲いている　♪海は広いな、大きいな。

どこかで聞いて、覚えているはずなのに、わたしはメロディーに合わせて歌うことはしなかった。茶色く光る木でできた足に心奪われ、歌うことを忘れていた。通りに大人が多いときは、歌謡曲が奏でられた。

♪リンゴかわいや、かわいやリンゴ　♪あなたとふたりで来た丘は、港が見える丘。

ラジオが娯楽の時代であったから、子どもも歌謡曲をよく知っていた。歌おうとすれば、歌えるはずだったが、やはり歌えなかった。

戦争がどんなものか知らなかった。二度といやだ、という大人たちの言葉は繰り返し聞いていたが、大人たちは、繰り返したくない戦争がどんなものなのか、詳しくは語ってくれなかった。

二〇一三年六月二十日掲載

8歳のころ

マスキンのアイス

「マスキン」という食堂が街にはあった。

いまでもあるのかもしれない。そこで年に数回アイスクリームを食べるのが、子どもの楽しみだった。

かなり大きな店だった記憶がある。もっとも、子どもから見ればすべてが大きいのだ。畑も家も庭も、近所の沼も池も、母と一緒にヨモギを摘んだ土手も、落ちてご近所のお年寄りに助けてもらったという水かさが増した川も、なにもかもが。

大人になってあらためて対面して、それが意外に小さかったことに気づかされる。家もそうだ。

生家は、ほぼ七十年近くたったいまも、同じところに、当時とほぼ同じ形のままある。「そこを買い取って、あなたの小さな記念館のようなものをつくりたい」、と郷里の女性たちに言われたことがあったが、お断りした。理由を言葉にするのは難しいが、そういうことは、わたしの性に合わない、というのが正直なところだ。

　仕事で郷里を訪れることはたびたびある。保守的と呼ばれがちな生まれ故郷にも、「脱原発」の流れができて、去年の秋には大きな集会とデモがあった。「さようなら原発」の呼びかけ人のひとりとして、わたしも参加した。郷里に行くと、生家の前を通ってみる。

　玄関脇の、満天星もそのままだ。わたしが子どもの頃、自分の身の丈ほどの高さだったのが、さらに大きくなっていた。この初夏に訪れた時、鈴蘭に似た花はすでに終わっているだろうと諦めていたが、生い茂って濃くなった葉の間に、一輪だけ小さな白い花を見つけた。

　玄関もそのままだ。いまにも引き戸が開いて、奥から素足の母が小走りに出てくるような気がして、しばらくそこに佇《たたず》んでいた。

　郷里の家での日々は、わたしが六歳に近くなるまで続いた。

　その家との別れは、家じゅうに広がった酢の匂いと共に訪れた。

二〇一三年六月二十一日掲載

1950年代前半のマスキン
（提供・御菓子司　桝金）

上京の日

家じゅうに、ツンとしたお酢の匂いが漂っていた。郷里の名物、干瓢《かんぴょう》を煮る甘じょっぱい匂いもしていた。

季節は冬。その朝まだ早いうちから台所に電気をつけて、祖母は海苔巻《のりまき》と稲荷寿司《いなりずし》を山ほど作っていた。

「恵子たちに、もたせてやらなきゃ。この寒さだから、窓の外に置いとけば、明日までもつからね」

まな板のそばには、出来上がった寿司を包む竹皮も準備されている。一体、何人分？　次々に出来上がっていく。結核で自宅療養中だった「しーちゃん」はその年には上京して、中野の沼袋というところにある療養所に入院していた。

入院の手筈《てはず》を整えたのは、母だった。何度も上京して、帰ってくるたび祖母に報告していた。

「大きな病院だから、今度は安心だから」

しーちゃんの食欲が落ちると、よく作っていた海苔巻を持って、しーちゃんに続いて今度はわたしたち親子も、「東京」というところに向かうのだ。

郷里の、時にわたしについてわたしよりも詳しいことを知っている人々が暮らすこの街で、「恵子を小学校に進学させたくない。噂《うわさ》で恵子が押しつぶされてしまう……」。上京は、母の選択だった。祖母が納得したのは、しーちゃんが東京で入院生活を送っているからだっただろう。

そしてその朝、祖母はわたしたちとしーちゃんのために、せっせと海苔巻と稲荷寿司を作り続ける。寒く、狭い台所で。

出来上がったそれを幾つにも分けて包み、幾つかはわたしのリュックサックの中に祖母はおさめた。霙《みぞれ》が降る中、家の前に迎えにきた人力車にやがて母とわたしは乗り込んだ。幌《ほろ》がおろされ、人力車が走りだした。

隣にしきりに鼻をぐずぐずいわせる母が座っていた。宇都宮の駅から乗り込んだのは、蒸気機関車で、三等席の椅子はお尻に痛かった。一方わたしは、母とのはじめてのふたり旅に、はしゃいでいたはずだ。

二〇一三年六月二十二日掲載

個人と社会

年代順に子ども時代から現在までの「この道」を辿《たど》るだけではなく、リアルタイムの「いま」も折に触れて書きたい。連載を始めるにあたって考えたことのひとつだ。「この道」は、「あの道」にも「その道」にも、「どの道」にもつながっているのだから。

社会は、政治は、驚くほどのスピードで変貌を遂げる。わたしがわたしの子ども時代を書いている間に、未来の子どもたちの子ども時代を奪うような、たとえば法案が通ってしまったら、どうしよう。そんな不穏と不安が、わたしの中には絶えずある。そこで今週は、番外編として、「いま」を書く。正確には、二〇一一年三月十一日以降の日々をである。

子どもから、子ども時代を奪う社会。福島第一原発の事故はまさにそうだが、それは、戦禍を生きる海の向こうの子どもが言った言葉につながる。

「大人になったら、何になりたい？」。女性フォトジャーナリストの質問に、黒い瞳に褐色の肌をした少年は次のように答えたという。「大人になったら、子どもになりたい。だってぼくには、子ども時代がなかったから」

個人の現在は、幾重にも重なり合い、絡み合った過去の上に築かれる。そのひとが生きた社会の過去をも含めて、それは個人的な体験と言えるだろう。こうしてひとは、無数の過去の断片を抱きしめながら、現在を生きる。

三月十一日以降、集会やデモへの参加が一気に増えた。それらが、わたしの日常になったのだ。どれもが自分の意志での参加であるのだから、苦にはならない。しかし介護を必要とする母がここに居たなら、こんなふうに自由に出歩くことはできなかっただろう。

母の変化に対応するだけで、精いっぱいだった七年間がある。

二〇一一年のあの日から数日間は、呆然《ぼうぜん》自失の状態が続いた……。数日たった後、わたしの胸に不意に浮かんだのは、「母を見送っていてよかった」という感情だった。

二〇一三年六月二十四日掲載

抗い

自我が芽生えた頃から、と書いて苦笑する。自我なんて、なんだか高級そうで気恥ずかしい。

しかしそれはいつ頃、わたしの中に芽生えたものなのだろうか。所有者の許可なくして、告知もないまま、わたしのきわめてプライベートな領域を占領しはじめた自我という存在。それが芽生えはじめた頃からずっと、わたしは異議申し立てをしてきたような気がしてならない。

ある時は密《ひそ》やかに、ある時は声張り上げて。ある時は自分の内側に向けて、ある時はむろん外側に向けて。

六十八歳になった現在も、それは続いている。反原発、反改憲、反基地闘争。「闘争」という言葉はあまり使いたくないのだが、確かにどれもが容易ではない抗《あらが》いであり、地下水脈ではひとつになり得るものでもある。「いのち」という名の、地下水脈において。

抗いや、異議申し立ての土台にあるのは、あくまでもひとりひとりの暮らしだ。個人的な、身の丈の感受性であり論理性である。暮らしという土台がぐらついたら、わたしの場合、抗うことも異議申し立てもぐらついてしまうかもしれない。だから、というのも大飛躍だが、食べることも大事にしたいと集会続きの梅雨空のもとで考える。食いしんぼうの、単なるエクスキューズではあるのだが。

デモのあとに、顔見知りと近くの食堂で冷やし中華と焼き餃子《ギョーザ》、「あ、それからザーサイもください」。これらも心躍るメニューだが、そんな夜、わたしは馴染《なじ》んだ鍋に囲まれたキッチンで、簡単でも料理を作ることにしている。

小学校の通信簿に「注意散漫」と記されたかつての子どもにとっての抗議デモは、あちこちに散らばりがちな注意を必死で掻《か》き集めることからはじめなくてはならない。その分、緊張もする。

それゆえ、声を張り上げた日の終わりは、料理をしたくなる。暮らしと抗いを、わたしはこう関係づける。暮らしから乖離《かいり》した抗いはない、と。暮らしを破壊するものとの闘いは、あくまでも過去から現在に続く暮らしの中にこそある。

二〇一三年六月二十五日掲載

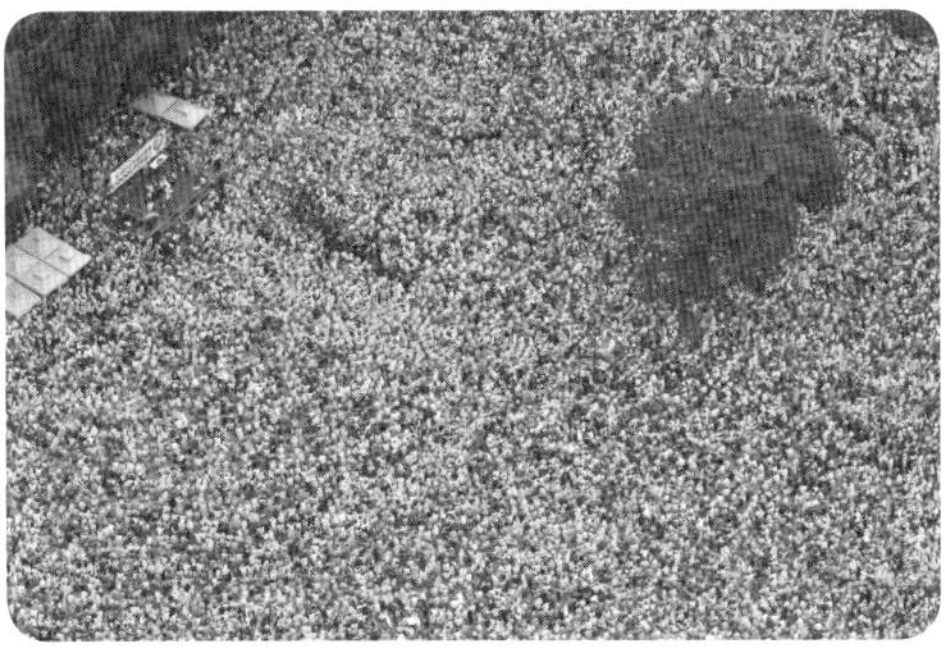

「さようなら原発5万人集会」で、会場を埋め尽くした参加者＝2011年9月19日、東京都新宿区の明治公園で、本社ヘリ「あさづる」から

暮らしの中の闘い

抗議行動は、暮らしから始まり、暮らしに還《かえ》る。わたしがわたしの内側と繋《つな》がっていない限り、どんな抗議の言葉も空疎なレトリックでしかないのと同じように、抗《あらが》いもまた、わたしの当たり前の暮らしとつながっていなければならない。

暮らしから始まった抗いが、いつの間にか暮らしから乖離《かいり》し、せつない空中分解を起こす場面に、いままでどれほど立ち会ってきたことだろう。

六月二日の「さようなら原発」集会&デモで、わたしが以下のように呼びかけたのもそんな理由からだ。一部を再現する。

……わたしたちには「権力」はありません。そんなもの、いらんと思う半面、あの事故以来、欲しいと思うわたしがいるのも確かです。「権力」があれば、もっとやれることがある、と。(中略)

しかし、わたしたちが対峙《たいじ》する「彼ら」を越えるものが私たちにもあるとするなら、わたしたちには、心からそのひとの幸福と安全・安心を祈るひとがいるということでしょう。それは子どもや孫であっても、血縁でなくとも、誕生前のいのちであっても、わたしたちが次の社会を譲る存在です。

「彼ら」が欲得で結びつくのなら、わたしたちは、ちょっと気恥ずかしい言葉ですが、友情や共感で結びつけるはずです。

「彼ら」が札束で結びつくなら、わたしたちは、朝の一杯の味噌汁《みそしる》と一個のおむすびを分かち合うことで結びつくことも可能でしょう……。

一字一句覚えているわけでないが、スピーチの一部にそんな言葉を入れたのも、これが暮らしといのちに結びつく抗いであることを、自分自身が再確認したいと思ったからだ。

二〇一三年六月二十六日掲載

６月２日の「さようなら原発」集会で発言する筆者。右は同じく呼びかけ人の鎌田慧さん＝東京都港区の芝公園で

怒る

オスプレイの違反飛行が明らかになっても、米国に従属的な姿勢を保ち続ける政府がある。現憲法を「押しつけ」だから「改正」するというなら、政府はなぜ、かくも長き基地の「押しつけ」を「改正」しないのか。

南海トラフや首都圏直下型地震や他の地震などの予知・予測。詳細な数値で示される被害予想。それらと各地の原発が受けるであろう被害をつなげることなく、なぜ多くのメディアは別個に報道するのか。単純すぎるほど単純な、この不思議を、わたしは問いたい。

子ども時代から始まる「この道」の連載は始まったばかりだが、ひとの過去と現在は別個のものではない。完全に完了したように思える子ども時代にしても、現在のわたしにとって本当の完了形ではない。わたしの中に、子ども時代のわたしはいまなお、生きている。

福島第一原発事故でより露《あら》わになった、この国を覆う「原発的構造、体質」そのものも、過去からずっと維持され続けてきたものだ。原発ではなく、むしろこれこそを輸出したいと願う平和憲法そのものを変えようとする動きもまた過去から続き、現在、さらなる力を得ている。

敗戦の年に生まれた偶然を、自分の中で必然に変えようとするわたしのささやかな試みは、それゆえに未完のままだ。

ふた月ほど前、手抜きの糠漬《ぬかづ》けキットを購入した。キュウリやナスや半分にカットしたキャベツ、ニンジンや山芋やズッキーニを入れた糠床を日に一度はかき回さなくてはならない。夜毎《よごと》、鷹《たか》の爪よりホットな「異議あり！」の憤りを糠床にかき混ぜながら、わたしはいつもの言葉を心のうちで繰り返す。

……わたしは怒る。原子力発電に。「原発的なすべて」の構造に。わたしは怒る。この、支配と被支配の構造に。一部の利益のために多くに犠牲を強いて顧みることのない根深い差別のシステムに。（略）わたしは怒る。「怒ってどうなる」という醒《さ》めた声に。怒ってどうなるかは、わからない。しかし、どうかなるという予測がたった時だけ、怒るのか？　そんなケチな怒りなら要らない、とわたしは怒る。（『てんつく怒髪』（岩波書店）前書きより）

二〇一三年六月二十七日掲載

眠るな、たてがみ

あらゆるタブーの中で、特に女にタブー視されていたのは怒りを表明することだ、というような一文を思い出している。米国の評論家であり、ミステリー作家でもあるキャロリン・ハイルブラン（ミステリーを書く時はアマンダ・クロス名）の言葉である。（『女の書く自伝』みすず書房）

母を介護していた頃にはじめたわたしの髪形は友人たちに「怒髪」と呼ばれている。「山姥《やまんば》」とも。当時、美容院でカットする時間もなく、またたとえ時間があっても、その最中に母の容態が急変したらという不安もあって、美容院も大好きなプールも、わたしから遠ざかっていった。そうしたかったから、そうしただけだ。

母の部屋。母のベッドに並べた簡易ベッドに腹這《はらば》って、偶然見ていたサッカーの衛星中継。ひとりの選手が、ドレッド風のヘアスタイルをしていた。夏なら、洗ってそのまま外出しても、陽射《ひざ》しが乾かしてくれそうなところも気に入った。

母を見送って六度目の夏を迎えようとしている現在も、怒髪を続けている。白髪もそのままだから相当迫力があるらしいが、わが日常と怒髪との間に、一ミリの乖離《かいり》もない。

スリーマイル島、そしてチェルノブイリの原発事故の後、学習会を開いたり、デモに参加した日々があった。市民科学者の高木仁三郎さんに学習会に来ていただいたり、取材を何度もお願いした。

二〇一一年三月のあの日以来、わたしの憤りは原発を国策としてきたこの国に、まっとうな情報開示すらしない政治や東京電力に、何よりも「まるで原発がないかのように」暮らしてきた自分自身の緩みに向かった。

怒髪はいまも健在だが、加齢のせいか髪に腰がなくなったのがちょい悔しい。詩人の新川和江さんは、「あなたの、たてがみ」と呼んでくださった。獅子のたてがみは雄の印だが、両性具有で、「たてがみ」でいこうか。

二〇一三年六月二十八日掲載

階段の指定席

郷里の宇都宮を後にして、母と娘の東京での住まいとなったアパートは、中央線の東中野駅のすぐ近くにあった。原っぱの縁にへばりつくように立ったモルタル造りの二階建てで、「東中野ハウス」という名だった。

後年、このアパートでのひと夏をテーマにした小説を書いたことがある。小説雑誌に掲載された時のタイトルは、『東中野ハウスの夏』で、単行本では『夏草の女たち』（講談社）と改題した。

この東中野ハウスの二階の西側のはずれが、わたしたち母子の部屋で、廊下を誰かが急ぎ足で行くと、部屋の簞笥《たんす》の上に置いたピンクのドレスを着た西洋人形が、転がり落ちた。

ドアを開けると、左手に小さなガス台と流し台があって、トイレも洗濯場も共同。幾つかの部屋と比較的広い裏庭があった郷里の家に比べれば狭い一間暮らしではあったが、わたしは生まれてはじめての集合住宅の暮らしを楽しんでいた。

アパートの二階から下に向かって蛇腹のようにに伸びた階段の、上から何段目だったろう。夕暮れ時の、「恵子ちゃんの指定席」と住人のおねえさんたちから呼ばれていた。そこは七歳のわたしの図書館であり、母を待つ待合所でもあった。

ズック靴の足を投げ出して、膝の上に開いた本と目の前に広がる原っぱを交互に見ながら、母を待つ……。

「ひとりで淋《さび》しいでしょう」と言われることもあったが、「指定席」にはなによりも自由があった。ああしろ、こうしてはいけないという大人は誰もいない。すべてを自分で決められるのだ。

「自分で考えて、自分で決めるのよ」。それが口癖の母が、原っぱの真ん中にできた小道を、小走りで会社から帰ってくる。白い木綿の開襟のブラウスに紺サージのスカート、運動靴姿の母は、小道の途中で決まって立ち止まり、わたしに大きく手を振る。それを合図に、わたしは階段を駆け下りる。

こうして、母とふたりの夕方から夜の時間が始まる。銭湯に行くのは、ラジオドラマ『君の名は』が終わってからの夜もあった。

二〇一三年六月二十九日掲載

よっぽどのこと

東中野ハウスは遠くから見ると、年老いた大きな灰色の犬が腹這《はらば》っているように見えた。二階から伸びた階段は、暑さにべろりと出した舌にも見えなくもない。

原っぱには、大きな銀杏《いちょう》の木が一本あった。母が会社に、わたしが小学校に急ぐ朝、母は決まって言うのだった。

「銀杏の木から、落っこちないようにね、気をつけてね」

木登りが好きで、得意な娘を案じてのことだ。

服のポケットにアパートの鍵と一緒に入っているメモには、母が勤めている会社の電話番号も記されていたが、母は毎朝こう繰り返した。

「電話をするのは、よっぽど困ったことがあった時だけ、ね。あとは自分で考えて、自分で決めなさい。急いで決めてしまって、決めたことが、あっ、間違ってたと思ったら、もう一度決め直せばいいんだからね」

ようやく見つけた小さな会社の経理の仕事を、母は大事にしていたようだ。

戦争中、男たちが兵隊にとられて、女たちは「外に出る」ことを学習させられた。けれど、戦争が終わって、男たちが戻ってくると、女たちの「外での居場所」は徐々に減っていった。そんな中でようやく見つけた職場だったからだろう。母は勤勉だった。

女たちの敗戦後の日々については知る機会が多かったが、一方男たちのそれについては、当時のわたしは知らなかった。身近に男性がいなかったせいだ。

アパートの管理人室には電話があったが、これも「よっぽどのこと」がないと使ってはいけないと母に言われていた。「よっぽどのこと」とは、どんなことなのか。わたしにはわからなかったが、母の勤め先に電話をしたことも管理人室の電話を使ったこともなかったから、「よっぽど」とは無縁な、長閑《のどか》な子ども時代であったようだ。

二〇一三年七月一日掲載

6歳の誕生日に＝1951年1月15日、東京都中野区・東中野駅前の坂爪写真館で

かぎっ子

「かぎっ子」という言葉が生まれたのは、高度成長と呼ばれた時代に入ってからだったと記憶する。学校から帰った時、家に保護者がいなくて、自分で鍵を開けて家に入る子どものことだ。

その頃だったろうか。わたしは毛糸で編んだ小さな四角い袋に、アパートの鍵を入れていた。母が編んでくれたものだ。その袋に、毛糸を数本よって作った紐《ひも》を通し、それを首にさげていた。鍵が入った袋は服のポケットに入れておくように言われていたが、袋の中には、他にメモと祖母がくれた郷里の神社のお守りも入っていた。

メモには、母が夕方まで事務員として勤務している神田の小さな会社の電話番号と番地、そして小学校のそれらと、郷里の住所も書いてあった。たぶん担任の先生の名前もあったはずだ。

こうして、当時としては珍しい「かぎっ子」は誕生した。クラスメートの母親はだいたい家にいたから、いつも鍵を持っているわたしは珍しがられ、アパートのドアの鍵の開け閉めを、「やらせて」という子もいた。

　学校から帰ると、毛糸の袋から取り出した鍵でドアを開け、ランドセルを部屋に放り込む。そして、部屋の真ん中に置いたちゃぶ台の上、蠅帳《はいちょう》の中からその日のおやつをとりだして、それを手に弾かれたように原っぱに直行する。そして、クラスメートや遊び友だちと合流する。それが週日のわたしの日課だった。

　原っぱは実際、わたしたち子どもたちに無限とも思える遊びを提供してくれたし、遊びの宝庫でもあった。この原っぱが戦争の焼け跡だと知ったのは後のことで、わたしたちは無邪気に原っぱに夢中になっていた。

　昨日、昆虫図鑑で知った虫が、原っぱには実際にいた。土グモの生態を知ったのも、図鑑と直結した原っぱにおいてだった。先週、植物図鑑で名前を覚えたばかりのスベリヒユが、原っぱの地面を這《は》っていた夏。

足裏の豆

当時のわたしの愛読書は、昆虫図鑑と植物図鑑類だった。

「可哀想《かわいそう》な子ども」が苦難を越えて、しあわせになっていくような物語には、あまり心惹《ひ》かれなかった。郷里の街で、父親がいない「不憫《ふびん》な子」と位置づけられたことに対する、幼いトラウマのようなものであったかもしれない。

実際、わたしは東京での暮らし、東中野ハウスの日々を楽しんでいた。

母と祖母と叔母たち女系の家族がひっそりと暮らす郷里の家とは違い、アパートにはいろいろなひとがいた。ほとんどが女性のひとり暮らしで、わたしが「おねえさん」と呼ぶひとたちだった。

おねえさんたちは、アパートでただひとりの子どもであるわたしに優しかった。部屋に招き入れて、チョコレートやビスケットをくれるおねえさんもいた。氷の冷蔵庫を部屋の前に置いているおねえさんは、手招きして氷のかけらをわたしの掌にのせてくれたりもした。

「集金です」。日曜日の午前中にそんな声と共にドアが開かれ、集められたお金で大きな西瓜《すいか》を共同で買って、冷蔵庫で冷やしてみんなで頬《ほほ》ばった夏もあった。

母が会社から帰ってくる頃、わたしがアパートの階段の指定席に座って母の帰りを待つ時間に、おねえさんたちは「おつとめ、おつとめ」と、たいがいは小走りにアパートを出て行った。

洋装のおねえさんたちは、往復は母と同じように運動靴だったが、ぶら下げた袋の中に銀色や真っ赤な、踵がびっくりするほど高い靴が入っていることをわたしは知っていた。開けっ放しのドア。部屋のあがりはなに腰をおろし、廊下のほうに足を投げ出したおねえさんたちが、それぞれの靴を磨くのが休日の光景だった。素足のおねえさんたちの足の裏には、ハイヒールがあたってできた豆がいくつもあった。

「これで、五目豆、つくれるね。恵子ちゃん食べる?」。おねえさんたちは好きだったが、足の裏の豆で作った五目豆なんて、食べたくない、とあとずさった。

原っぱ

その頃、わたしたち子どもたちは、原っぱの隅にある大きな銀杏《いちょう》に夢中だった。

わたしの好きな木登りにはあまり向いていない形をしていたが、根っこに近い幹には大きな洞があって、子どもにはとても魅力的な空間だった。かくれんぼをした時に潜むことができた。が、誰もがそこに隠れたがって、すぐに見つかった。わたしたちは「下駄《げた》隠し」と呼んでいたが、いつもはいているズック靴を、その洞に隠して遊ぶこともできた。何よりも、薄暗い洞は秘密めいていた。

子どもがふたりはゆうに入れるほどの洞で、その中で小さな子は立つこともできたし、少し大きな子でも中腰になれた。

かくれんぼの隠れ場所として使えなくなると、わたしたちは競って洞に宝物を隠すようになった。宝物は、おなかのところがへこんだキューピー人形であったり、家の大人が使わなくなった曇ったり、ひび割れた手鏡だったり、千代紙を貼った小箱だったり、大きくなり過ぎた飼い犬が子犬のときに使っていた首輪だったりした。

早苗ちゃんは、お姉さんのサクランボを象《かたど》ったブローチを洞に隠した。れいこちゃんは、家から持ってきた金色の指ぬきを、きいちゃんは戦争で死んだ伯父さんふたりが写っている写真を箱に入れて洞に隠した。

家族や親類の誰かが戦争に行き、死んだり怪我《けが》をして帰ってきたことなどが、子どもの日常の会話にも登場した時代である。

「とうちゃん、戦争で、足とられちゃったから」

そんな子もいた。ラジオ番組に、「たずねびと」という時間があった頃だった記憶がある。

大銀杏の洞に、わたしは郷里を発《た》つとき祖母が二荒山神社からもらってきてくれた赤い袋に入ったお守り袋を隠したが、すぐに母に気づかれて、とりにいかされた。「お守りは身に着けておくもの」だというのだった。

洞の一隅には平たい石が積んであった。

「誰かが、願いごとが叶《かな》いますように、と石を積んでいるのだと思う」。

母は言った。

日曜日の子ども

朝から母がいてアパートの小さな台所で料理を作っていたから、日曜日に違いない。

ドアを開けると狭い靴脱ぎがあり、その横にコンロがひとつあるガス台と、流し台があった。晴れた日曜の母は、会社がある週日とはまた違った意味で忙しそうだった。

洗濯がある。買い物がある。見舞いがある。が、鼻歌まじりにそれらをこなしてしまうので、子どものわたしだけではなく、周囲の大人たちも誰も、彼女の忙しさに気づかないようだった。

アパートの一間の部屋に、煮物の甘じょっぱい匂いや、炒めものの匂いが溢《あふ》れていた。箪笥《たんす》の上の西洋人形の隣に置いたラジオから、江利チエミが歌う『テネシーワルツ』が流れていた。

日曜日は、結核で沼袋の大きな病院に入院しているしーちゃんのところにわたしたちが見舞いに行く日と決まっていた。郷里の祖母もそれを知っていて、土曜に着くように畑の野菜を送ってきていた。

肋骨《ろっこつ》を何本かとる大きな手術をしたしーちゃんだった。

母が大小の弁当箱に、できあがった料理を詰めていく。蓋《ふた》をするのがわたしの仕事だった。「少し冷めてからしてね」。

卵焼き。わたしの大好物だ。遠足や運動会の時には必ず卵焼きをつくってもらった。牛肉を甘辛く炒めたもの。これもわたしの大好物だが、わたしたちの食卓に並ぶことはめったになかった。タラコを焼いたもの。夏になると、商店街で買ってきたかば焼きも加わった。祖母から送られてきたトマトやキュウリ。以前はわたしが毎朝、畑にとりにいったものだった。ひとくち大に握った梅干しとおかかのおむすびもある。ご馳走《ちそう》ばかりだ。

しーちゃんの好物はわたしも知っていたが、母の好物となると知らない。自分の好きなもの、欲しいものは言葉にせず、周囲のひとのそれに応えることが、「長女」である自分の役目だと彼女は考えていたのだろう。

いつ、どこで、どのようにして、母はそんな自分を形成していったのだろう。そんなことを娘が考えるようになったのはずっと後のことだった。

東京のチロ

『母に歌う子守唄……わたしの介護日誌』（朝日文庫）を東京新聞に数年連載したことがあった。いろいろなひとたちの力をお借りして、母を在宅で介護した日々を綴《つづ》ったものだった。

ある日のコラムに、ひと月に一度病院に通っていた母と、病院の食堂でお茶を飲むシーンを書いたことがある。母は自分が頼んだクリームソーダの、緑のソーダの上にぽっかりと浮いたアイスクリームを、柄の長いスプーンですくって「あーん」というように、コーヒーを飲むわたしのほうに差し出した。その時、母の口の形も「あーん」になっていた。

早くに父親を亡くした四人姉妹の「長女」として、自分のことはずっと後回しにして、周囲を元気づけたり喜ばしたりすることを優先する彼女の人生だった。それはそれで悪いこととは思えないのだが、なんだかアンフェアな気もしないではない。

結核で入院したしーちゃんを見舞いに行く日曜の、アパートの朝だった。

母はせっせとしーちゃんのところに持っていくお弁当を作り、卵焼きの切れ端をわたしの口に入れてくれた。「あーん」である。

「チロ、だしておいて」。母の声に押し入れから、わたしは「チロ」を引っ張りだす。それは、郷里の家に置いてきた柴犬の名前で、わたしに生まれてはじめてできた友だちでもあった。そのチロを祖母たちに託して、わたしたちは上京したのだ。時々、わたしはチロ宛てにハガキを書いたが、返事はなかった。

いまアパートの押し入れから引っ張り出した「チロ」は、郷里を発《た》つとき母が持ってきたボストンバッグで、四角《よすみ》がすり切れていた。茶色のそれを、母とわたしはいつ頃からか、「チロ」と呼ぶようになっていた。畳の上に置くと、チロが裏庭で腹這《はらば》っている姿に似ていたからだ。

郷里からチロを連れてきたかったが、アパートでは飼えないというので、諦めたのだった。

病院の七夕

しーちゃんが入院する病院は、沼袋のはずれにあった。結核の患者さんだけが入院していて、病院の正面玄関に足を踏み入れる時は「必ずマスクをしなさい」と母からも、しーちゃん自身からも言われていた。

けれど、夏のマスクは暑くて、ガーゼについた自分の息の匂いもいやで、わたしはすぐに外してしまった。

「顎にマスクをかけてもしょうがないじゃない。マスクをしてね」

病室の外廊下に置かれたベンチに、しーちゃんを中にして母とわたしは座っていた。

しーちゃんは祖母が縫って送ってよこしたきれいな浴衣を着ていた。紅色の濃淡の朝顔模様の浴衣だった。柄まで覚えているのは、同じ浴衣地で、祖母がわたしにも夏祭り用のそれを作ってくれたからだ。

朝から作った母の手料理に、しーちゃんはまだ箸をつけていなかった。わたしなら、すぐに食べちゃうのに……。

ベンチに並んで座りながら、わたしたちは途中で買ってきた小さな笹《ささ》に、色紙で作った輪っかの鎖や金銀の星を飾っていった。もうすぐ七夕だった。

「七夕はまた雨みたい」。去年の七夕も、しーちゃんはこの病院にいた。

「本を読むのにも体力がいるのよ」

しーちゃんはだから、病室の枕もとのラジオを闘病生活の何よりの楽しみとしていた。

「今日の天気は、しーちゃんに聞けばいい」

郷里にいた頃から、みんなにそう言われていた。

長い髪をおさげにしたり肩に流したしーちゃんは、当時二十代の半ばを過ぎた頃だったが、少女のように見えた。わが家には、母の写真よりしーちゃんの写真のほうが多かった。

ベッドサイドの小物をいれた引き出しには、祖母が縫った巾着があって、中には手鏡や口紅、白粉や眉墨など「しーちゃんの必需品」が入っていた。母にはすり減った口紅が一本と、めったに使わない白粉しかなかったが。

「なんて書こうかな、短冊に」

笹を捧《ささ》げ持って、しーちゃんは遠くの空を見ていた。

おねえさんたち

子どものわたしが「おねえさん」と呼んでいたアパートの住人たちは、ほとんどがひとり暮らしだった。わたしたち母子の部屋は二階で、一階の住人については知らなかったが。

小説『夏草の女たち』（雑誌掲載時は『東中野ハウスの夏』）を書こうと思い立つきっかけを作ってくれたのは、このアパートのおねえさんのひとりとの再会だった。

その時、わたしは三十代半ばを過ぎていた。新橋だったかの大きなホールであった女性たちの反戦をアピールする集会会場。わたしもリレートークに参加した。出番が終わって控室に戻ると、ひとりの女性がドアの前に立っていた。

ステージで話をしている間、ホールの一番前の席にいたひとだとすぐにわかった。印象に残っていたのだ。わたしが話し始めると、すぐにハンドバッグから引っ張りだした白いハンカチーフを顔にあて、けれど目だけをのぞかせていたひとだった。

「恵子ちゃん」。控え室に入ると、そのひとはそう呼んだ。一体誰だろう？　不思議なことに次の瞬間、わたしは思いだしていた！　短く切り揃《そろ》えた銀髪を黒くし、顔に刻まれた加齢のもろもろのしるし（それはそれで素敵《すてき》だったが）をひとつひとつ消していくと……。そうだった。あのアパートの、わたしたち母子《おやこ》と同じ二階で暮らしていたおねえさんだった。

アパートの階段の指定席に座って母の帰りをわたしが待つ時間が、おねえさんたちが出ていく時間だった。彼女たちはみな、映画雑誌のグラビアに出てくるひとのようにきれいで、いい匂いがした。丸や四角の小瓶から噴きだす霧が、いい匂いのもとだった。

「シュッシュしてあげるから、おいで」

おねえさんに手招きされて、わたしもいい匂いをかけてもらった。母は子どもがそんな匂いをさせてはいけないと言っていたが。

おねえさんのひとりとの再会。そして彼女から聞いた話の数々が、わたしに『夏草の女たち』を書かせてくれたのだ。

夏の子ども

東中野ハウスに、夏が来ていた。

廊下に面したドアが開け放たれ、それぞれの部屋の中が見えるようになると、夏の到来だった。

アパートは、わたしたち子どもたちの放課後の集合所であり遊び場でもあった原っぱと向かい合っていた。

梅雨があがって、その原っぱにも夏草が茂りはじめた。

母が会社から帰ってくる夕暮れ時になると、夏草の茂みに、大待宵草《おおまつよいぐさ》が黄色の花をぽっかりと開き、こぼれ種子で育ったのか、薄紙のような紅や桃色、白い花をつける立葵《たちあおい》も原っぱの隅に咲きはじめていた。

お姫さまや刻苦勉励を重ねて偉人になったひとの伝記よりも、植物図鑑や昆虫図鑑がはるかに好きになっていたわたしは、原っぱそのものに夢中だった。

原っぱの真ん中に立つと、アパートの左隣は大きな個人病院で、見上げるほどの棕櫚《しゅろ》の葉が風に揺れていた。初夏には、粒々が固まってバナナのようにも見える黄色い花の房を垂らしていた。

確か、野口さんという病院であったはずだ。

家も大きくて、診察室と向かい合った庭には、コンクリートを固めた長方形の大きな池があった。郷里の家で祖母が夏になると作った水羊かんを流しこむ長方形のバットを何十倍にも大きくしたような池だった。そこが夏の間だけ、プールに早変わりするのだ。野口さんちの子どもと同じ小学校に通っていたから、わたしたちも一緒にプールで遊ばせてもらった。学校にまだプールがなかった時代である。

男の子はパンツ姿、女の子もほとんど変わりのない姿で、即席のプールで水をかけあったり、見よう見まねで平泳ぎの練習をした。一九五二年の七歳の夏だった。

夏以外の季節、野口さんちの池には金魚や鯉《こい》がいた記憶があるのだが、わたしたちがプール遊びをしていた時、金魚や鯉や水草はどこに引っ越していたのだろう。

二〇一三年七月二日掲載

小学２年生ごろ＝千葉県鴨川市の太海海岸で

女たちの戦後

暑くなると、アパートのそれぞれの部屋のドアは開けっ放しになった。母とわたしの部屋は一番奥にあったから、わたしは日に何回もそれぞれのおねえさんの部屋の前を通り、部屋の中を見ることになる。

「のぞいちゃだめ」

母に何度も注意されてはいたが、ドアが開け放されていると、見てしまう。おねえさんたちの部屋の中には、うちにはないものがいろいろあった。まず靴脱ぎには、運動靴と並んで、踵が細く高い、銀色や赤い革靴。窓の近くの鴨居《かもい》には、物語の中の挿絵のお姫様が着ているような、ふんわりと裾が広がったドレス。着物が吊《つる》してある部屋もあった。

一間の部屋にベッドと、ひとり用のソファがある部屋もあった。その部屋には、本で見たことがあるガリバーさんが時々訪ねてきた。金色の髪と蒼《あお》い目をしたガリバーさんだ。暑い日でも、ガリバーさんが訪ねてくると、部屋のドアは閉められた。

吊した着物と、壁に立てかけた三味線が並んでいる部屋もあった。その部屋のおねえさんは、時々三味線を手に、「やっこさんだよっ」と歌ってくれた。

敗戦から七年がたった東京。おねえさんたちの身の上について、わたしが知ったのはずっと後のことだった。あの戦争で家族や愛するひとを奪われ、家を焼かれ、ひとりで迎えた敗戦という名の終戦。女たちがつける仕事は限られていた。

そういえば、小学校の担任の平沢先生も、夫が戦死して、ひとりでお子さんを育てていた。それより前に担任になってすぐにほかの学校に行ってしまった若い先生も、お兄さんを戦争で失ったと言っていた記憶がある。

遺《のこ》された女たちは、喪失の悲しみに向かい合う余裕もないまま、とにもかくにも生きていかなければならなかったに違いない。悲しみとも向かい合えない日々の、なんと残酷な容赦のなさであるだろう。

二〇一三年七月三日掲載

白と紺

土曜日の朝だった。白い丸襟がついた木綿の紺色のブラウスに、白い半ズボン。その夏に買ってもらった白い紐《ひも》サンダルを、わたしははいた。会社が午前中に終わる母と待ち合わせをして、銀座に行くのだ。

その日の服装を鮮明に覚えているのは、わたしがはじめてひとりで電車に乗った日だったからかもしれないし、そういう色の組み合わせの服が好きだったこととも関係があるかもしれない。

郷里の祖母から、アパートにお米や衣料品が入った箱がよく送られてきた。小さな荷物は郵便小包で、ミカン箱以上の大きさになると、鉄道の「チッキ」だった。民間の宅配便が誕生するずっと前のことである。

祖母はチッキの大きな箱のいちばん上に、わたしの洋服や浴衣を入れてくれることがあった。東京に行ってしまった孫娘に、自分で縫ったものを着せたかったのだろう。子どもながら、その気持ちは理解できた。が、送られてくる服も浴衣も「女の子らしい」色や柄であることに、ちょっとばかり困惑したのも事実だった。大きな真っ赤な金魚模様の浴衣は、なんだか自分が金魚になったみたいな気がした。

祖母が上京する日にはこれらを着るように、と母は勧める。すり減った指ぬきをして、「針のめどに糸を通すのが大変でね、恵子がいれば頼めるのに」と言う祖母を知っていたから、言われなくともわたしは自分から着たはずだ。子どもは子どもなりに、気を遣う。

白や紺の気に入った色合わせで、アパートの廊下に出たわたしに、声がかかる。

「おめかしして、どこ行くの？」

暑くうだるような一間の部屋から廊下に避難した、住人のおねえさんたちだ。

「おかあさんの会社」

「もっとお金が入る仕事があるのに、恵子ちゃんのお母さんは、ああ見えて、頑固なんだから」

ふだんは優しい母だったが、確かにそんなところがある、とわたしも思っていた。

二〇一三年七月四日掲載

小豆色の電車に乗って

「東京駅行きの、小豆色の電車に乗るの。そして、神田という駅でおりるのよ」

母の言葉を、アパートのおねえさんたちにわたしは伝えた。はじめてひとりで乗る電車だった。

「気をつけていくんだよ」

「知らないひとに声をかけられても、ついていくんじゃないよ」

おねえさんたちの声に見送られて、わたしは階段をかけおりる。夏草が生い茂る原っぱを突っ切りながら振り返ると、アパートの踊り場で、おねえさんたちが総出で手を振っている。電車で二十分ほどのところに行くだけなのだが。

母は神田の会社で経理の仕事をしていた。「男のひとが四人。女のひとは若いひとと、おかあさんだけ」。時折り紙の束を持ち帰って、夕食を終えた後の小さなちゃぶ台で愛用の古い算盤《そろばん》を母は猛スピードで弾いていた。

母が前夜に、紙に鉛筆で書いてくれた地図を握りしめて、電車に乗った。土曜日は半ドンの母と待ち合わせて、銀座に行く約束だった。

「外で待ってるのよ」。大人が仕事をしているところに入ってきてはいけない。母はそう言うのだ。

会社は三階建てだったかの雑居ビルの中にあって、そのビルの前でわたしは母を待った。道路のアスファルトが溶け出していて、新しい白いサンダルを汚しはしないか心配だった。

階段を、母が数人の男のひとと降りてくるのが見えた。母が手招きする。

「娘の恵子です」。こんにちはと挨拶《あいさつ》したわたしに、男のひとたちも口々に「こんにちは」。母がちゃんと紹介してくれたことも、男のひとたちが銘々自分の名前を言って自己紹介をしてくれたことも、なんだかうれしかった。

はしづめさん、おのさん……。そのひとたちの名をわたしはそう覚えていたが、橋爪（四郎）さんと小野（喬）さんは、その年にあったヘルシンキオリンピックのメダリストだと知ったのはずっと後のこと。ラジオで聞いた名前と、母の同僚であるひとたちの名前をどこかで混同していたのだろう。

食パンの耳

「集金ですよ、集金」。ドアの向こうから、アパートのおねえさんが顔をのぞかせて、小さな袋を差し出す。袋の中には小銭が入っている。日曜の午前中、時々こうした「集金」があった。二階の住人たちが共同でおやつを買うのだ。

顔をのぞかせたのは、特にわたしの好きなおねえさんで、時々わたしに本を贈ってくれた。自分が読んでいた『アンネの日記』を「も少し大きくなったらね」とわたしに手渡してくれたのも、このおねえさんだったと記憶する。

「女子大に通っていたんだって。勉強ができたのね。でも、おとうさんが戦死して、小さな弟たちのために働いているの、えらいね」

そう教えてくれたのは、母だったか、ほかのおねえさんだったのか。赤いハイヒールを布袋に入れて、夕方になると運動靴で出ていくおねえさんだった。

「あんた、どこの子？　見慣れない顔だね」

集金の袋を持って、パン屋さんに行ったわたしに、店の主は訊《き》いた。

「東中野ハウス」。たぶんわたしは大きな声で答えたのだろう。詳しくは覚えていないが、子どもながら、まわりの空気が微妙に変わったことだけは覚えている。「ダンサー」という言葉を知ったのも、その日、その店でのことであったような気がする。そういう職業の女性があのアパートには多い、という文脈で語られたのだろう。

なんとなく落ち着かない感触と、おねえさんに頼まれたパンの耳がたくさん入った袋を胸に抱えてアパートに戻った。

盛大に油のはねる音に続いて、お砂糖をまぶした食パンの耳が大きなお皿に盛られた。南天の実の模様があるその大きな皿は、母が郷里から持ってきたものだったはずだ。

「さ、食べよ」

おねえさんたちの、赤く長い爪が次々に伸びて食パンの耳をつまんでいった。足の爪も赤く塗っているおねえさんもいた。

二〇一三年七月五日掲載

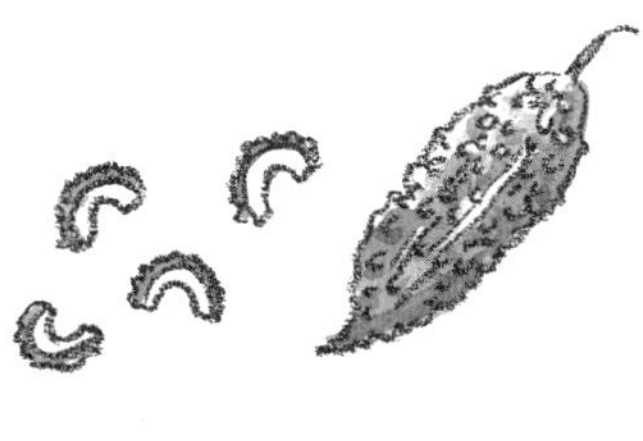

秘密の共有

「なんでも話してね」。母も、先生もそう言う。大人たちはいつもそんな風に言うのだ。

しかし、なんでも話すことなどできない。子どもには子ども同士の、そして自分との約束やルールがあった。大人に対してひとつの秘密も持たないまま、子どもが大人になることはできない。

「早起きになったね」。その頃、わたしは母を驚かせていたようだ。家を出るのは早くなっていたが、しかし遅刻が増えていたことを、母は知らない。子どもの秘密は、神社の境内にあった。アパートと学校のちょうど中間にある、大きな神社の裏手だった。

それぞれの子が家からこっそり持ってきた食べものをランドセルやポケットから取り出す頃には、わたしたちの足元に茶色い毛糸玉のような子犬たちが集まってきた。ふわふわもこもこの、子犬たち。あの子はご飯、この子は昨夜のおかずの残りもの。パンの耳も子犬たちには大歓迎された。三匹だったか四匹だったか、わたしたちはそこで子犬を「飼っていた」のだ。郷里の祖母のところに置いてきた、チロによく似た子犬もいた。

子どもたちは、それぞれ家の大人に犬を飼いたいとすでに打診していた。けれど誰も大人たちの了解は得られなかった。アパート暮らしのわたしは、最初から無理と知っていたから母には言わなかった。それで、ここで「飼う」ことに決めたのだ。

授業が終わるのを待ちかねて、また神社に直行した。給食袋の中には、給食にでたものをそれぞれが隠していた。ひとクラスに四十も五十人もいる時代だったから、先生に見つからずに隠すのは簡単だった。

「ミルクを持っていきたいな」。脱脂粉乳の、あの白い液体が苦手な子はいつも言っていた。わたしも好きではなかったが、液体を運ぶ術をわたしたちは発見できないでいた。

子犬たちは競って食べる。同じ時に生まれたのに、大きいのと小さいのがいた。小さいのに多く食べさせようとしたが、大きいのが横から食べてしまう。どちらかというと、わたしたちは、小さいのを「ひいき」にしていたようだ。

子犬たちの行方

「あらまあ、かわいい」

胸に抱いた茶色の毛糸玉のような子犬を差しだして見せると、大人は口々に言った。それでも、飼い主はなかなか見つからなかった。わたしたちが神社の境内に捨てられている子犬たちを見つけ、自分たちで育てるのだと秘密の約束を交してから二か月以上がたっていた。できるなら、このままずっと飼い続けたかった。

食卓からこっそり隠し持ってきた残飯や給食からよけておいたパンやフライで、子犬たちは元気に育ち、最初に境内で見つけた時より、ずいぶん大きくなっていた。

「もっと大きくなると、飼い主が見つからないよ」。

「寒くなる前に見つけなくちゃ」

布の端切れやら古いタオル等を持ち寄って箱の底に敷いて作った仮の犬小屋も、そろそろ狭くなりはじめていた。

授業が終わると、それぞれがそれぞれのお気に入りを抱いて、飼い主を探し歩く日が続いた。庭がある大きな家が候補なのだが、大きな庭のある家にはすでにシェパード等がいて、吠《ほ》えられた。その家の大人が庭に出ているといいのだが、わざわざ呼び鈴を押す勇気も子どもにはなかった。それで、いつも立ち読みをするために通いなれた本屋さんがある商店街を、うろつくことになる。銘々、子犬を抱いた子どもたちが商店街を行く。

一匹は、お肉屋さんが飼ってくれることになった。あつあつのコロッケが美味《おい》しい店だ。ほかの子犬たちも、暮れの商店街にくじ引きの、「大当たり」の鐘が響く頃にはすべての飼い主を見つけることができた。

飼い主が見つかるのはうれしいことだったが、「わたしたちの子犬たち」が、「よその子」になってしまう淋《さび》しさもあった。大人になったら、大きな庭のある大きな家に住んで、捨てられた犬や猫を飼おう、と思ったのも、その頃のこと。アパートでは、犬は飼えない。

一匹がお肉屋さんにもらわれていったことをはっきりと覚えているのは、犬に会いにいくと、必ず揚げたてのコロッケを一個ずつ手渡されたからだ。犬に会うのも目的だったが、コロッケもお目当てだった。

新聞紙の包み

夕方から次の朝までが、母とわたしのふたりの時間だったが、この時間割が変わったのはいつ頃だったろうか。

夕食を終えて、銭湯から戻った後、母は「もうひとつのお仕事」に出ていくようになったたいた。

「頑固だからねえ、恵子ちゃんのおかあさんは」

おねえさんたちが呆《あき》れたような口調で言い、母はいつものように涼しげに微笑《ほほえ》んでいたから、もうひとつの仕事について母は彼女たちに告げていたに違いない。

当時の母は、二十九歳か三十歳ぐらいだったはずだ。子どものわたしにはかなり夜遅くになってから、母は、「もうひとつのお仕事」に出ていった。アパートのおねえさんたちの大半もまだ帰っていない時間だったが、ノックされても絶対に部屋の鍵を開けてはならないこと、何かあった時は一階の管理人さんの部屋に行くことを繰り返してから、母は出ていくのだ。

もうひとつの仕事に行くとき、母は新聞紙でくるんだ大きな包みを抱えていた。

ある日、その包みを開けたことがある。黒い大きな長靴と、ゴムの長いエプロンが入っていた。

何に使うのだろう？　それからしばらくして、学校の近くのビルの前を友だちと通った時、例の包みの中にあったのと同じような長靴をはいて、エプロンをしたひとを見かけた。白髪頭の小さなそのひとは、自分の身の丈以上もあるモップを手に、ビルの清掃をしていた。そばに置いた水を張ったバケツも、そのひとの身体の半分ほどもあった。

母がいう「もうひとつのお仕事」とは、これなのか。

わたしは、その仕事をしている母を友だちに見られたくなかった。職業への、明らかな差別意識……。

しかしその時のわたしは、とっさにそう思ったのだ。数日後、わたしはそのことを母に告げた。

「もうひとつのお仕事、やめて」

二〇一三年七月六日掲載

差別意識

「もうひとつのお仕事やめて」

母が夜遅くに清掃の仕事をしていることを知ったわたしは、母に告げた。ただただ、友だちに知られたくないというのが理由だった。

会社から帰り、さらに清掃の仕事というダブルシフトを組んでいる母の健康を気遣ってのことではない。いつ、どこで、どのようにしてそんな意識ができあがるのかはわからないが、その仕事をわたしは母にしてほしくはなかった。母のためにではなく、わたしのためにである。

次の週だったか、わたしは学校を休ませられた。母も神田にある会社をその日は休むと決めていたようだ。日曜日でもないのに母と一日じゅう一緒だったが、少しもうれしくない。

夜が来ていた。夕飯をすましてから、新聞紙の包みを抱え、わたしには長靴をはくように告げた母だった。「雨、ふってない」。わたしはささやかな抵抗を試みたはずだったが、母には通用しなかった。

「さあ、行こう」

東中野駅前の、雑居ビル。

「ここで、お掃除の仕事をしているの」

母は宣言した。それから、娘がそこにいることなど忘れたように、きびきびと動きはじめた。

各階の汚れたトイレをきれいにして、廊下も、階段も。最後にモップをかけて水を流したビルの玄関で、母はまたもや宣言するように言った。

「なぜ、この仕事をやめて、と恵子は言うの？　神田の会社のほうは何も言わないのに。なぜ、この仕事はやめてほしいの？　ちゃんと説明しなさい」

口調はいつも通り静かだったが、わたしを真っ直《す》ぐに見る母の表情には厳しいものがあったはずだ。

無念だったに違いない。未婚でわたしを出産し、差別や偏見を避けるために上京したにもかかわらず、当の子どもの中に、ある種の差別を見つけてしまったのだから。

帰り道。猛烈に恥ずかしい思いをかみしめながら、母の後をわたしは歩いていた。母と歩く時はいつだって並んで手をつないでいたが、その夜だけは違った。

二〇一三年七月八日掲載

引っ越し

上京してわたしたち母子が住んだアパート、おねえさんたちがいる東中野ハウスから引っ越すことになった。

郷里の宇都宮の家が売れて、同じ中野区内に小さい家を買ったようだ。すべては大人たちが決めて、子どもは後から知らされることになる。

新しい家には、小さな庭もついていた。

祖母が上京した。結核で沼袋の病院に入院していたしーちゃんの退院も決まった。学校を卒業した他の叔母たち、ちーちゃんはお茶の水にある医科歯科大学に就職し、末妹のてるちゃんも就職した。

同じ顔ぶれが久しぶりに、ひとつ屋根の下に集まった。郷里に残してきた柴犬のチロも、鰹節《かつおぶし》が入った檻《おり》に入れられ、貨物列車で上京したのだと思う。

引っ越す前の日に、アパートのおねえさんたちが、例によって「集金」して買ってくれた母への算盤《そろばん》と、わたしへの日本人形。そのふたつは引っ越しの荷物とは別に手にもって、新しい家に落ち着いた。算盤は、母の古いそれを見かねて贈ってくれたのだろう。わたしへの贈りものは、黒々としたおかっぱ頭の、着物を着た人形だった。

神社の境内で大人たちに内緒で子犬を飼うという秘密を共有した友だちは、布で作った人形をくれた。髪は毛糸で、顔は自分たちが描いてくれた。

この人形は、かなり長い間、わたしの手もとにあったはずだ。

「顔が汚れてきたね」

ある日、祖母が洗ってくれた。タライと洗濯板と亀の子石鹸《せっけん》での洗濯の時代である。

洗濯バサミで竹竿《たけざお》に吊《つる》された人形は、友だちが描いてくれた眉や目や鼻が擦れてしまい、もとの位置からずれて、なんだか泣いているようにも見えた。それでも、たぶん小学校を卒業するまで、わたしは毎晩枕の横に、その人形を置いて眠ったはずだ。

名前をつけていたような気もするが……、忘れてしまった。

転校はいやだった。おねえさんたちや秘密を共有した仲間たちと別れるのもいやだったが、新しい家と暮らしにも興味津々《しんしん》、の子どもであった。

二〇一三年七月九日掲載

母の入院

母が入院した。その前にも一度入院をしていたから、二度目の入院だったはずだ。

ちーちゃんが勤めているお茶の水にある医科歯科大学が、入院先だった。症状は、最初の入院の時と同じようにはじまった。

誰よりも早く会社に着いていないと、と口癖のように言っていた母が、朝、起きられなくなっていた。「さぼり癖がついたの？」。祖母は例によって、心配を不満に変えていた。

最初の入院は矢車菊の季節だった。藍色や白やピンクの初夏に咲くこの花をわが家では「矢車草」と呼んでいたが、母が好きで、わたしも好きになった花だ。特に藍色の花が母は好きで、その花を数本掌《てのひら》に握って、病院に行ったのは、最初の入院の時。

子どもの熱い掌で握った矢車菊は病院に着くまでに、花の首が垂れてしまった。もっとも母がいる病棟には、花を飾るガラスの瓶等も持ち込んではいけないという決まりだったから、どちらにしても飾ることはできなかったのだが。

「恵子は虫歯になったら、歯医者さんに行くでしょ？　おかあさんは、心が痛くなったから心のお医者さんに行くの」

今度も母はそんなふうに説明した記憶がある。郷里から上京した時、蒸気機関車の三等席に座った母が膝に載せていた古いボストンバッグを手に、母は入院した。最初に入院した時は「心に穴ぼこがあいた」と母は言っただろうか。はっきりは覚えていないが、そのことを作文で書いた覚えがある。以前にもどこかでこのエピソードを書いたが、その作文が何かの賞をもらい、学校で読まれ、以来、何人かの友だちの家に行くと、「いないよー」。その家の大人の声が返ってきた。そんな家の窓の向こうに、いないはずの友だちの影を見つけた日曜日もある。

「そういうことは、ひとに言っちゃいけないんだよ」。祖母に注意された。せっかくできた新しい学校での新しい友だちと遊べなくなるのは淋しかったから、作文には書かない、と自分と約束した。

二〇一三年七月十日掲載

注意散漫

通信簿に「注意散漫」と書かれた。「上の空」とも。そのことが、祖母をはじめ、叔母たちの心配事のひとつになっていたようだ。

国語と図工と理科はまあまあ。その他は問題あり、の子であったようだ。勉強しろ、と母に言われたことはなかった。学校が終わると、相変わらず近くの原っぱに飛び出した。江戸川乱歩の少年探偵団が好きで、女の子たちとサイダーの栓を胸に留めて、少女探偵団もつくった。

注意散漫、上の空と言われても、自分ではわからない。入院している母の代わりに学校に呼ばれて行った末の叔母、てるちゃんもさらに姪について注意を受けたらしい。

神経科の午後。薬を使っているのか、こんこんと眠る母を見ていると、置いてきぼりにされたような不安と恐怖を覚えた。

「目を開けて、おかあさん」

奥まった病室の白いベッド。

目を開けて、わたしを真っ直《す》ぐに見てほしかった。一度目の入院の時か二度目の時かは忘れたが、指で母の目蓋《まぶた》を開けて覗《のぞ》いてみたことがある。どんなことがあっても、最後は「大丈夫だよ」と丸ごとわたしを受け止めてくれていた母が、ここに居ながら、ここには居ない。

病院のベッドにいる母を授業中に思い出すと、自分の四方に重いシャッターが下りてきて閉じ込められたような不安が生まれたが、子どもには何もできない。

それが通信簿に記された「注意散漫」や「上の空」の理由なのかどうかは、わからないが。

母がいつ退院をしたのか。このあたりの記憶は定かではない。ただ、母を見舞うと決まって、病院の近くにあると誰かから聞いたニコライ堂の鐘の音が響いた。関東大震災の時に一部が壊れて、その後に修復されたというニコライ堂について説明してくれたのは、誰だったろう。入院先に母を見舞う時、いつも声をかけてくれた白い帽子をかぶった看護婦さんなのか。当時は看護師さんではなく、看護婦さんと呼んでいた。

二〇一三年七月十一日掲載

いまは住宅が密集する東京都中野区の街並み＝本社ヘリ「あさづる」から

帰還

その放課後。病院に行ったわたしを待ちかねていたように、母が退院が決まったと告げた。

たくさんの薬を持って母は退院し、しばらく休んでいた神田の会社にも通勤し始めた。

母が家に帰ってきたことで、祖母の眉の間に刻まれた深い皺《しわ》も薄くなった。不安や心配を怒りや不機嫌でしか表現できない祖母だった。いまなら、祖母の生い立ちやその後の日々を手繰り寄せて、丸ごと受け入れることも可能であるはずだ。意味はよくわからなかったが、祖母は母を「がいぶんが悪い」と言う。その口調は母を責めているように思えた。

結核になったしーちゃんには優しくて、病気で神経科に入院すると邪険になるのがわからなかった。外聞が悪いというのは、母が未婚でわたしを産んだことや、神経科に入院したことをさしているらしかった。

「病気なんだから、しょうがないでしょ」

てるちゃんが異議申し立てをした。

「おかあさんは、おねえさんに対して厳しすぎる」。てるちゃんはその頃、会社勤めをしながら「ファッションモデル」と呼ばれるアルバイトもしていた。四人姉妹のなかで末っ子のてるちゃんが一番背が高かった。空いたビール瓶を転して足首から膝の裏をマッサージし、「こうすると、足が細くなる」と教えてくれたのも彼女だった。

鏡の前で笑ったり、両腕をひろげて首を傾《かし》げたりして、「ポーズ」をとってみせるてるちゃんでもあった。

二代目の柴犬チロがわが家にやってきた頃だった。

わたしの中学進学に関して、母がその頃、再び悩み始めていたことなど、当のわたしは知らなかった。皆と一緒に近所の区立の中学に行くのだと思っていた。

♪デーオ、イデデーオ。ラジオからは、『バナナ・ボート』が流れ、わたしたちはそれに合わせて歌っていた。

二〇一三年七月十二日掲載

13800円

……出生は、どの子にとっても偶然に過ぎない。（中略）わたしは、ただ生まれてきた。ひとりの子どもとして生まれてきた。（略）生まれてきてはじめて、子どもは社会の枠組みに入る。ひとはその一生の間に、社会の枠組みへのどれほどの登録を義務づけられていくだろう。はじめての登録が出生届だった。そこで、わたしは、ただの子どもから「私生子」となった。ただ、それだけのことだ。それ自体は、幸福でも不幸でもない。（略）子ども自らは、なにもしない、なにもできないうちに、子どもは一枚の届け出で「幸福な子」になったり、「不幸な子」になったりする。それは、子ども自身の幸福や不幸とは別のことだ。本人の意志や感覚の全く外側で決定される、幸福と不幸。（中略）世間が決めた幸福の基準を超えて、わたしはわたしの幸福を獲得する……。

一九九二年に刊行した自伝的小説『あなたの庭では遊ばない』の中での、わたし自身にきわめて近い主人公の述懐である。小説の中の彼女のように言語化はできなかったが、十代の頃から、それはわたしの内にずっとあった思いだ。

この単行本が刊行された後、婚外子への差別撤廃を求めて国と争った原告側の証人として出廷し、証言をしたことがある。原告側の思いはわたしの思いでもあったし、子ども自らの人生を国が分断し、優劣をつけることへの抗議の意味もあった。

一九五七年、わたしは中学進学を控えていた。クラスのみんなと近くの公立の中学に進学するものと信じていたが、母は違ったコースを準備していた。

突然、話は飛ぶが、本年五月二十三日に日本原子力研究開発機構などの素粒子実験施設で事故が起き、研究者や職員が次々に被ばく。三日間近く、換気扇が回された。五七年は、日本ではじめての商業用原子炉が東海村にスタートした年でもあった。

「少ないなあ、女の給料は。割が合わないなあ」。ラジオから流れるフランク永井の『13800円』という、当時の月給を歌った曲を聴いて、母がため息まじりに言ったのは日曜の午前中だったか。

二〇一三年七月十三日掲載

はじめての対立

娘が小さな子どもの頃から、話し合うことを大事にしてきた母である。丁寧に言葉を選びながら、納得するまで話を打ち切ることはなかった。それが、彼女がそうありたいと願った親の姿であったのだろう。

「自分で考えて、自分で答えをだしなさい。そうじゃないと、責任もとれない。生きていくことは、その連続なのかもしれない」

母は、これという時は必ずそう言った。

しかし今回は違っていた。母は、わたしの意見も聞かずに、私立の女子中への進学を決めてしまったのだ。入学試験もあったのだろうが、どんな試験だったたか、記憶からすっぽり抜け落ちている。友だちと一緒に近くの中学に行けないことこそが、わたしには大問題だった。

なぜ、相談してくれなかったの？　わたしは憤慨していた。中学校に行くのは、母ではなく、わたしなのだから。それが母の一存で決まってしまうのは不当過ぎる……。

たぶん生まれてはじめてであったと思う。わたしは母と対立した。何日か口を利かなかった覚えがある。祖母がおろおろしても、わたしは平気だった。後になって叔母から聞いた話であり、真偽のほどは定かではない。公立の場合は、戸籍謄本の提出があって、それがこの先わたしの学校生活に影を落とすのではないか……。そんな不安が、母にそれを必要としない東京中の私立校を調べさせ、自宅に最も近いその女子校を選ばせたのだ、と叔母は言っていた。

母はわたしにこそ、そのことを相談すべきだった。その上で、いつものように、「決めるのは、あなたよ」と言うべきだった……。

「だってお母さん、いつもわたしに言ってきたことと違うよね？　私生子ということを負い目に感じないでと言いながら、お母さん自身が負い目に感じているから、私立を選んだんでしょう？」

中学進学は、わたしが生まれてはじめて母に発した「異議あり！」だった。

二〇一三年七月十六日掲載

はひふへほ、事件

公立の中学に進学した小学校時代のクラスメートと少しずつ距離ができるのに比例して、わたしは女子中の雰囲気に表面的にはなじんでいった。毎晩、敷布団の下に置いて寝押しをする紺サージのひだスカートは、半ズボン好きな子どもには面倒なだけだったが。

中学と同じ系列の高校は、新宿にあった。ずっと先輩に評論家の秋山ちえ子さんが、作家の萩原葉子さんがおられることを知ったのは、後のことだ。

初夏にはライラックの花が咲き乱れる校庭の風景はちょっと素敵《すてき》だった。ライラックが咲く頃になると、園長先生が必ずホイットマンの『草の葉』を朗読したが、中学生はおしゃべりばかりしていて、ちゃんと聞いてはいなかった。

二年の時だったか。国語の教師が若い女性に代わった。授業のはじめに小説や詩の話をしてくれた。その頃だったか、少し後になってからだったかは定かではないが、作文を提出するたびに、わたしは急勾配のアップダウンを体験することになる。褒められたり、注意されたりのアップダウンだ。面白いと褒めてくれるのは若い女性教師だった。意味不明とも、一方では言われた。

その中で覚えているのは、「はひふへほ、事件」だった。このことは、どこかに書いた覚えがあるが、間断なく雪の降る様子を「はひふへほ、と降る」というように書いた記憶がある。どこまでオリジナルかも覚えていないが、単にそう見えただけのことだろう。夕方から降りだした雪が、深夜目を覚ましてカーテンを開けてみると、そんな感じで降っていた、と感じたままを書いたのだろう。

ひとは褒められれば、うれしい。その若い教師の授業が大好きになった。すすめられる本も次々に読んだ。

眉の濃い、はっきりした顔立ちのボーイッシュな女性だったが、彼女は、わたしたちが高校に進む頃には、退職してしまった。

いまでも顔立ちも声のトーンもはっきりと覚えているのだが、名前だけが思い出せずにいるのが実に焦《じ》れったい。

二〇一三年七月十七日掲載

一九六〇年

ラジオから『アカシアの雨がやむとき』が流れていた。

テレビがわが家にやって来た頃はあんなに夢中だったのに、十代半ばになるとラジオにまた返っていった。プレスリー、レイ・チャールズ、コニー・フランシス、ブレンダ・リー、ポール・アンカ、ニール・セダカ。英語の授業は好きではなかったが、アメリカンポップスには夢中だった。熟語はだいたいポップスで覚えたのではなかったか。

毎朝校門には当番の教師が数人並び、登校する生徒の髪形や服装をチェックする朝の儀式があった。

木綿の厚手のバルキーソックスを、幾重にも折りたたんで足首の際までおろす。そうすると、足首が細く見えるというので、大方の生徒はそうしていた。それも注意の対象となった。逆毛を立てた髪形もまた。肩まで髪が伸びたら、黒いゴムか黒か紺のリボンでひとつに束ねるか、三つ編みにすること等々、いろいろな決まりがあった。

朝の儀式を通過する前、ソックスを折り直したり逆毛をもとに戻すことなど、面倒くさい。ただそれだけの理由で、わたしはチェックに引っ掛かることはなかった。

ようやく獲得した四畳半の自分の部屋でぼーっとしたり、スケッチブックに何か書き殴ったり、本を開く時間が好きだったから、自然夜更かしになった。『車輪の下』や『風と共に去りぬ』、『若きウェルテルの悩み』といった定番を読んだのも当時のこと。

一九六〇年六月十五日。中間テストの最中で、テレビではなく、ラジオの実況中継をわたしは聴いていたのだと思う。全学連、国会突入、樺美智子さん、二十二歳……。きれぎれの言葉を、けれど強烈なインパクトでいまでも思い出せる。六〇年安保。その日、二十二歳の彼女が白いブラウスにクリーム色のカーディガン、濃紺のスラックス姿だったことを知ったのは、後追いの記憶だったか。

遺稿集『人しれず微笑《ほほえ》まん』を初めて読んだのは、それから数年後のことだった。

二〇一三年七月十八日掲載

1960年6月24日、
樺美智子さんの「国民葬」

サボタージュ

「約束だからね」、「破っちゃだめ」。

数人のクラスメートと、サボタージュの約束ができていた。突然の統一テスト。それに抗議しての、サボタージュだった。

約束した通り、当日は学校を休んだ。通常休む時は保護者からの連絡が必要だったが、その日はどうだったのだろう。わたしたちは、保護者からの連絡もないまま欠席していたのではないか。

サボタージュはすぐに教師の知るところとなったのだろう。さぼったわたしはのんびり朝食をとっていた。

「梅はその日の難逃れ」。そう言いながら、寝坊して朝食もとらずに飛び出していく孫娘の口に、祖母が梅干を放り込んでくれるいつもの朝とは違う。母は会社に行き、家には祖母とわたししかいなかったのだと思う。

玄関脇の小机の上、黒い電話のベルが鳴った。担任の教師からだった。

「いますぐ、出てらっしゃい」

ばれていた。仲間の名前もすでに知られていた。幼いサボタージュはこうしてあっけなく幕を閉じた。

登校したわたしたちは教室ではなく、校長室に通された。いろいろ訊《き》かれたのだろうが、内容は覚えてはいない。

一体、あれは何だったのだろう。わたしたち造反組を除く生徒全員が統一テストを受けている午前中いっぱい、わたしたちは校長室で、紅茶とクッキーをご馳走《ちそう》になっていた。

居心地の悪い一日はこうして終わった。学校からの保護者への連絡はなかったようだ。

統一テストは単にきっかけでしかなく、わたしたちは十五歳のあり余るエネルギーをどこかに向けたかっただけかもしれない。新聞部を立ち上げることを反対され、それに抗議したり、と造反組は造反そのものを楽しんでいたようだ。

二〇一三年七月十九日掲載

高校生のころ

退学騒動

退学したい。そんな思いが募っていた。退学をして、何をしたいのかは曖昧のまま、ただただ学校に行きたくなかった。授業は退屈だった。実際は、勉強をしなかったので、何をやっているのかわからなかっただけかもしれない。だから余計退屈になるのだ。授業中は机の下で本ばかり読んでいた。

わたしはどんどん無口な子になっていったようだ。もともと冗舌なたちではないのだが、中学と同じ系列の高校に進学すると、さらに「沈黙の金太郎」になっていった。金太郎というのはいくつかあったわたしのニックネームのひとつだったが、周囲に溶け込もうと、おかっぱ頭のひょうきんな金太郎を演じ続けることにも飽きていた。高校に進み、クラス替えがあると、突如、不機嫌な金太郎になった。

女子高生はグループで行動することが多いが、それもなんだか煩わしい。何もかもがうっとうしく、面白くなかった。どこか遠くへ行って、働いて暮らしたい。できるなら、植物とか動物にかかわる仕事がしたい、と漠然と考えていた頃。ベビーブーマーの世代がすぐ下の学年にいたから生徒数も多く、学年はいくつかのコースに別れていた。わたしは一応、進学コースに入っていた。

ある日、担任の女性教師に退学したい旨を話した。母にはまだ打ち明けていなかった。その日のうちに事態は母の知るところとなった。教師から連絡が入ったのだ。

その週の日曜日。母に誘われて、ふたりで喫茶店というところに行った。はじめての体験だった。母はコーヒーを、わたしはほかの何かを注文したのだと思う。

「あなたが決めることだが、覚悟のようなものはあるか」。母はそんな風に訊《き》いた。高校を中退し、就職を希望するなら、「家を出てすべてを自分で管理しなさい。学校がいやなら、無理していくことはない」。

母の口調はクールだった。

コーヒー一杯が確か六十円の頃。

三河島の駅構内で列車事故が起きて、百六十人の方々が亡くなった年だった。

二〇一三年七月二十日掲載

石灰化巣《せっかいかそう》

退学騒動は、あっけなく収まった。高校を中退して就職したいと言い出した娘に、母はクールな口調で言った。

「学校がいやなら、無理して通うことはない。働くなら家を出て、すべて自分で管理する覚悟でやりなさい」

声を荒らげることは全くといっていいほどない母だったが、こういった時の冷静な「突き放し」は、お見事！　というしかなかった。

そんな彼女のクールな口調に対して、たじろぎ、あとずさりしたのは、むしろ娘のほうだった。そこまでの覚悟は、正直なかった。

こうして、進路は未定のまま、わたしの高校生活は再開した。

それより少し前に、身体検査のレントゲンで、胸部に陰影があることが判明、石灰化巣だと言われた。肺結核で手術をし、長い闘病生活を送ったしーちゃんが、わが家にはいる。

「あの家の前を通るときは、息を止めるんだって、みんな、言ってるよ」

そう言われた郷里での日々は、子どものわたしには家じゅうに漂うクレゾール液の記憶でしかなかったが、大人たちには完治することのない深い傷となっていたはずだ。健康に関しては、とりわけ神経質にならざるを得ない家だった。

どんなに小さなことでも、家族内のトラブルというものは、だいたい揃《そろ》い踏みでやってくる。虫歯の治療が終わると、胃の調子が悪くなるといった按配《あんばい》。退学騒動のあとは、これだ。

石灰化巣の原因は不明だったが、肺結核の既往症はなく、伝染の心配はなし。半年に一度の検査を義務づけられただけで、学校生活はそのまま続けていい、ということだった。

けれど、わたしは、医師から言われた「無理はしない」という部分だけちゃっかりと手折って、都合よく解釈。大っぴらに月に一度ぐらいは学校を休む理由ができた。

ずる休み、と呼んでいい。

二〇一三年七月二十一日掲載

背伸びの時空

学校の身体検査で、なにがいやといって、胸囲の測定ほどいやなものはなかった。

制服のブラウスは羽織ったままだったが、上半身は裸になって胸囲を測られるのだ。メジャーを手にした女性教師が測り、傍らで別の女性教師が数字をメモしていくのだ。

「これって、なんか意味ある?」

「男子校でも、胸囲、測るのか?」

胸囲測定は、「ムネが大きい子にとっても、小さい子にとってもクツジョクの時間!」。

わたしたちはそう言い合っていた。

その身体検査のレントゲンで、わたしは胸部に石灰化巣があることが判明した。伝染のおそれはないから、学校生活はそのまま続けていい。ただし、無理はしないように。そんな医師の言葉を拡大解釈して、わたしは、大っぴらに学校を休むお墨付きを獲得した。

わが家にはしーちゃんがいたから、わたしの自主休校はすんなりと認められた。

その日は制服を私服に着替えて、区立の図書館に行った。図書館では、背伸びして哲学の難しい本を借りたりした。たぶんわたしは、難しい本にふさわしい難しい顔をして読んでいたはずだ。内容はほとんど理解できなかった。

三本だての名画座で、ジェームズ・ディーンやオードリー・ヘプバーンと対面する長い時間を過ごしたのも当時のことだ。

学校の外側に、もうひとつの学校「のようなもの」があった。図書館で知り合ったのだったか、少し年上の女子大生からは、サルトルとボーヴォワールの関係性について教わった。「契約結婚」という言葉も、「人は女に生まれるのではなく、女になるのだ……」というようなフレーズも彼女から教えてもらったのだったと記憶する。校則では禁じられていた「集会」に、生まれてはじめて参加したのも、彼女が連れていってくれたからだ。

哲学の本と同じように、難しい言葉が飛び交うだけで、意味はほとんどわからなかったが、刺激的な背伸びの体験であったことは確かだった。

二〇一三年七月二十三日掲載

午後の時間割

月に一度ほどの自主休校は、同世代の女の子との交流しか知らなかったわたしに、もうひとつの学校のようなものを贈ってくれた。そこにも、「教師」がいた。

公園の昼下がりもまた、わたしの学校だった。古びたベンチに座って眼鏡を鼻先までずらし、朝刊をいつも熱心に読んでいる高齢の女性も、教師のひとりだった。

会釈から始まり、親しく言葉を交わすようになる頃には、新聞の記事について、あれこれ話をするようになった。解説役が彼女で、わたしはもっぱら聞き役であった。

キューバ危機から、太平洋を小型ヨットで単独横断した青年のこと。記事にまつわる、いろいろなことを彼女はていねいに教えてくれた。数カ月前、わたしは「狭山事件」の石川一雄さんの再審開始請求の会で短いスピーチをさせていただいたが、「えん罪」についてはじめてわたしに教えてくれたのも、彼女だったと思う。祖母よりも年上に思えるひとが、どんな人生を重ねて今日までこられたのか。最も知りたいことについては訊《き》けないままだったが。ベンチに並んで座って、焼きそばパンとコーヒー牛乳で遅いお昼をとりながらの「授業」だった。

ある時から、午後の「授業」にもうひとりの男性教師が加わった。接ぎ木の仕方とか、赤玉土や鹿沼土などの土の選び方など植物に詳しかった。シラサギが翼を広げたような純白の美しい花をつける鷺草《さぎそう》の球根を、ニュース通の彼女とわたしにもってきてくれたのは、彼だった。贈られた球根は、園芸好きの祖母を喜ばせ、毎年、初夏から秋のはじめまで繊細で優美な花をつけてくれた。

当時、わが家には何代目かの「チロ」がいた。わたしが自主休校をした日は、チロの散歩時間も増えた。初代チロは柴だったが、当時いたのは、洋犬のミックスだった。立った耳の先端が三角形に折れていた。本のページを折ることを、Dog's ear（犬の耳）というのだと教えてくれたのも、午後の授業で出会った誰かだったはずだ。

二〇一三年七月二十四日掲載

しーちゃんの再入院

叔母のしーちゃんが腎臓結核になり、手術が必要になった。肺結核の長い闘病生活からようやく解放され、結婚の話がすすんでいた矢先だった。

「なかなかハンサムだねえ。お祖父《じい》ちゃんほどじゃないけど」

祖母はそんなふうに言うことで、喜びを表した。

司法試験を目指して勉強中に彼は肺結核となり、沼袋の療養所に入院した時に、しーちゃんと知り合ったのだという。毎週日曜には、病院食では飽きがくると母は朝からお弁当を作り、幼いわたしを連れて病院に行ったものだった。

差し入れのお弁当の半分は、「彼のおなかに消えていたのね。でも、彼に会ったことが、しーちゃんが病を越える励みになったんだから」。母もそう祝福していた。デートに出かけるふたりを見送った後、祖母は一方で、「無理して再発したら……」と、いつもの心配性にとらわれ、母は母で、「楽しいことがあるから、ひとは今日を明日につないでいけるんだから、いいじゃない」。あっけらかんと言ったものだ。

お母さん自身は、今日を明日につなぐどんな楽しい記憶があるの？　母の横顔を見ながら、わたしは考えた。

しーちゃんは、ちーちゃんが勤める東京医科歯科大学に入院し、一方の腎臓摘出の手術を受けた。母もこの病院の神経科に入院したことがあったが、この頃は小康状態にあったようだ。というか、一家に何か困ったことが持ち上がると、母は不思議に元気になるのだった。

しーちゃんは肺の機能が十全ではないことで、手術も、その後の入院生活も長くなった。一度は遠のいた病院が、わたしたち家族にまた近くになった。日常でありながら、どこか非日常的な病院という空間。しーちゃんの隣だったか向かいの病室に入院していた女性と親しく話をするようになった。映画好きで、いつも『キネマ旬報』を読んでいた。「退院したら、一緒に映画館に行こう」。彼女の提案はしかし、実現はしなかった。

一度は退院したが、再入院し、映画館に行くことはなく亡くなったと、しーちゃんから聞いた。

二〇一三年七月二十五日掲載

断る

しーちゃんが退院した。ほかの叔母たちも集まって、小さなわが家でささやかな退院の祝いが開かれた。

しーちゃんの恋人、婚約者の彼も加わった祝宴だった。司法試験を諦めた彼は、父親の仕事を手伝っていたようだ。

テーブルの上に、ご馳走《ちそう》とビール瓶が並んだ。缶ではなく、瓶の時代だった。わが家はみなアルコールに弱く、ビールが食卓に並ぶのは、結婚した叔母たちがつれあいと共に遊びに来るときぐらいだった。

「で、それからどうしたの？」

しーちゃんと彼が親しくなっていく過程を、叔母たちが弾んだ声で、ときに茶々《ちゃちゃ》を入れながら質問していく。祖母はなぜかビールを注いだグラスに、少しだけ砂糖をいれてちびちび飲んでいた。

いつもより濃いめに口紅をつけたしーちゃんは、よく笑い、よく話をした。あまり勢いこんで話をすると、息が苦しくなると言っていたしーちゃんだったが、その日は違った。

笑い声がさらなる笑いを連れてきた一日。途中で、友だちと約束があって中座したわたしが帰宅すると、祝いの席は一変していた。

しーちゃんが泣いていた。彼との結婚を断ったのだという。

祝宴がいつ、そんな流れになったのかはわからない。結婚生活を続ける自信がない。子どもを迎えることも体力的に無理。それで、この結婚の話はなかったことにしたい……。しーちゃん自身の意思で、彼に告げたのだという。

「子どもがいない人生もあるのよ」

彼が帰った後、母が言った言葉に、しーちゃんが涙を頬に伝わせながら反論した。

「おねえさんには、恵子がいるじゃない。いるひとに言われたくない」

テーブルの上、退院祝いのご馳走はまだまだ残っていた。

それから数年たった休日に、彼が訪ねてきた。結婚が決まったという報告だった。「おしあわせに」。彼を見送ったしーちゃんはもう泣いてはいなかった。

二〇一三年七月二十六日掲載

しーちゃん

キャベツのままで

一九六一年に公開された米国映画『ウエスト・サイド物語』に、高校三年のわたしは夢中だった。進学コースに籍は置いていたが、進学か就職か未定のままのクラスメートと一緒に、次にはひとりで有楽町の映画館に観《み》に行った。

ニューヨークの片隅に生きる若者たちの人種的対立と恋愛をテーマにした、現代版ロミオとジュリエットに、わたしはノックダウンされた。いままで知っていたどのミュージカル映画ともそれは違った。映画で歌われたすべての曲が収録されたLPも欲しくてたまらなかったが、実際手に入れることができたのは、大学に進学してバイトをしてからだった。

ナタリー・ウッド、リタ・モレノ、いまも時々来日するジョージ・チャキリス、リチャード・ベイマー、ラス・タンブリン、タッカー・スミス等々。中でも、『クール』というナンバーが、わたしのお気に入りだった。

自分たちと同じような若者が主役であることも惹《ひ》かれた理由のひとつで、

映画の中で彼らが身につけていたTシャツとジーパン、バッシュウ（バスケットシューズをそう呼んでいた）が、その後のわたしの「制服」となった。いまでも、わたしが男もののシャツを愛用するのは当時の名残《なご》りかもしれない。

学校の階段で、数人の仲間たちとダンスシーンの真似事《まね》をして、転げ落ちたのもその頃のこと。夢中になれるものが見つかると、とことんのめりこむ性格はいまも同じだが、受験勉強には全く夢中になれなかった。夜食に当時話題のインスタントラーメンはしっかり食べていたが、勉強はすすまなかった。

それでも、十八歳になったばかりの二月、ふたつの大学を受験。第一志望は不合格。当然だった。第二志望に合格。これ以上、親がかりは辞退すべきではないか。だいたい、わたし自身がさほど進学を望んでいないのだから。

マーク・トウェインだったろうか。……カリフラワーは大学教育を受けたキャベツに過《す》ぎない……とかいうフレーズが、心に痛かった。

二〇一三年七月二十七日掲載

靴擦れ

♪……赤い夕陽が校舎を染めて……♪舟木一夫さんの『高校三年生』がヒットした年、わたしの高校生活は終わり、明治大学英米文学科の一年生になった。

女子中、女子高の六年間、男子のいない学校生活をしていたものにとって、小学校卒業以来の、久しぶりの共学。少し年下が、いわゆる「団塊の世代」に当たるのだが、世の中にはこんなに「男子」がいるのだ、と驚きの連続だった。

女子だけの学校なら、何でも自分でする。しかし、男子がいると、ちょっと重い荷物を運ぶにも男子が代わってくれる。女子校では、大きな荷物も女子で運んだ。男子がいると、「女子はやらなくていいよ」となる。それが、わたしには不思議だった。女系の家族の中で育ったこともあったろう。力仕事も自分たちでやることに慣れていたわたしには、そういった「女の子扱い」がむしろとても居心地悪かった。

東急ハンズもホームセンターの類もまだない時代のことだったが、身についた「do it yourself」が、否定されるような淡い抵抗感があった。

共学の高校から進学してきた女子たちが、「やってー」と男子に声をかけ、嬉々《きき》として男子が応じる姿を見ると、世の中はこうして回っているのだと、苦い衝撃を受けたものだ。性別分業に対して、女性が異議申し立てをするようになるはるか前の時代であった。

クラブは、E・S・S。現在も、予算総額七十五億円に上る東京オリンピックの招致が云々《うんぬん》されているが、当時は翌六四年に開催される東京オリンピックを目前にして、社会の英語熱が高まり、大所帯のクラブだった。

一、二年が通っていた京王線沿線のキャンパスの二階に、学生食堂はあった。カレーライス、オムライス、素うどん、Aランチと Bランチ。Aランチのほうが少し高かった。その学食の二階から、芝生のキャンパスを見下ろすとき、「ここは、わたしが居るべき場所なのか?」という、例の靴擦れに似た感覚がぶり返した。それは折りに触れて甦《よみがえ》るわたしの「持病」のようなものだったが。

二〇一三年七月二十九日掲載

八月の夜

八月恒例の、二泊三日のクラブの合宿は、毎年八ケ岳の麓であった。せっせとアルバイトをし、合宿費に充てた。新宿発の電車は、その季節特に混んでいて、デッキ近くに最初は立ち、八王子を過ぎたあたりで、デッキに座り込んでという行程だった。祝《いわい》りんごというのだろうか、ちょうど青いりんごが出る季節で、座りこみながら囓《かじ》った味も懐かしい。いまでもこの季節になると、必ずテーブルやお仏壇に置く。コーラが普及し始めた頃でもあった。

合宿の夜には即席のダンスパーティーがあり、踊るのはもっぱらツイスト。ビートルズのカバー曲『ツイスト&シャウト』が発表されたのもこの年だったろうか。

一方、わたしは別の歌に夢中だった。バイト先で知り合った一年上級の女子大生が連れていってくれた新宿のジャズ喫茶。その夏はじめての体験がまたひとつ増えた。薄暗い室内。細長い廊下が列車の通路のように伸びていて、その両側にテーブル席があった記憶がある。

彼女は常連らしかったが、その店の顎ひげのマスターがかけてくれた曲に、衝撃を受けた。ビリー・ホリデイの『奇妙な果実』。

♪……南部の木々には奇妙な果実が実るという……♪　そんな歌い出しの曲だった。

リンチをされ、ポプラやマグノリアの木に吊《つ》るされたアフリカ系アメリカ人（当時は「黒人」と呼んでいたが）を歌った曲だと教えてもらった。

「果実」とは、枝からぶら下げられた、彼らの遺体なのだ。はじめてその歌を聴き、その歌詞を知った時の衝撃。そしてビリー・ホリデイについて聞かされたエピソードは、わたしに、もろもろの差別の中のひとつの差別、人種差別を考える扉を開くきっかけをくれた。出生のこともあり、差別や偏見には敏感に反応する傾向がわたしにはあったが、人種差別も当然、素通りできないテーマだった。

「奇妙な果実」は、カラスにつつかれ、雨に打たれ、風にゆすられ、やがて「drop」、地に落ちてゆく……。

二〇一三年七月三十日掲載

ワシントン大行進

いつ、どこで、どのようにして、そのひとはそのひと自身になるのか……。誰に対しても、そして自分自身に対しても、それはわたしにとってきわめて興味深いテーマである。

父親がいない子として生まれたこと、それ自体は、わたしにさほど大きな傷痕を残したとは思えない。それがもし、わたしにかすり傷程度ではあってもかすかな傷痕を残したとしたなら、むしろ、婚外子という事実ではなく、そういった子を社会がどう位置づけるかに関連することだ。

わたしの差別や偏見に対する反応は、まず、反射的なそれから始まる。わたしたちは、それぞれの個を生きながら、同時に社会と無縁で暮らすことはできないのだから。

大学に入学した六三年。八月二十八日、米国では、人種差別や人種隔離の撤廃を求めた二十万人以上の人々がリンカーン記念館前に集結した。いわゆる、ワシントン大行進である。

マーティン・ルーサー・キング・ジュニア牧師の、あの「I have a dream」で有名なスピーチもそこで行われた記憶がある。「以前の奴隷の息子たちと、以前の奴隷を所有した息子たちが、同じテーブルにつき得ること」を夢見る……。彼はそう言ったのだ。米国四十四代目の大統領に当たるバラク・オバマ氏は、〇九年の就任式で、キング牧師の主張と重なるスピーチをした。母親は白人であったが、アフリカ系と呼ばれるオバマ大統領が、キング牧師と共通するメッセージを発したのは当然であるだろう。

ずっと後になってわたしも、米国南部を旅したことがあった。季節は夏で、したたるような緑が目にしみた。マグノリアも美しい大輪の花をつけていた。かなりの樹齢を思わせるこの木の枝にも、リンチされたアフリカ系アメリカ人が吊《つ》るされたことがあったのだろうか。

しばらくその前を立ち去ることができなかった。

二〇一三年七月三十一日掲載

1963年8月28日にワシントン大行進を行い「I have a dream」という言葉で知られる演説をするキング牧師。（写真提供：ロイター＝共同）

誰かが誰かに

街にはザ・ピーナッツの『恋のバカンス』が流れていた。

キャンパスでは、いつだって誰かが誰かに恋をしていた。ひと夏が終わると、ひとつの恋が終わり、新学期が始まると、新しい恋が芽生えた。

なんとなく、いいな、と思うひとがわたしにもいた。求愛は男子から、とは全く思っていなかった。女子からしても、いいじゃん！である。そう思っている矢先、当の彼から電話があった。

「授業が終わったら、会えないかな」

Ｏｈ！　何かが始まる予感に、十八歳の胸が高鳴る。レイ・チャールズの『愛さずにはいられない』などというラブソングが突如、心の奥で鳴り響く瞬間。

約束の日。キャンパスの近くの喫茶店にいそいそと向かう。手をあげて合図を送ってくる彼に同じく手をあげて合図を送り返し、注文するのはコーヒー。間違っても、クリームソーダやパフェやプリンアラモードはオーダーしない。ここはコーヒーで決める！

「実はさ……。好きなひとがいるんだ」

そんなふうに始まった彼の話。いよいよか？　わたしから言いたかったのになぁ。しかし彼の口からでてきた、好きなひとの名は……。わたしの親しい友人だった。

「で、わたしに何をしろっていうの？」

急いで体勢を立て直して、わたしは訊《き》く。動揺は、心にしまったままだ。

「で、彼女にそれとなく」

「そんなの、自分で言うべきだよ」とわたし。意地悪ではない。ひとを通して伝えるのは、違うんじゃないか？と思ったからだ。

「あなたは、友だちとか仲間としては最高なんだけど」

仲のいい女友だちからそう言われたことがある。それはそれで素敵《すてき》なことだけれど、なんかちょっとだけ淋《さび》しい気もしないではなかった。ポールとポーラの『ヘイ・ポーラ』というポップスが流行《はや》り、上腕部に紺や赤の横線が一本入ったアイビーっぽいカーディガンを羽織る学生が多かった頃のこと。

二〇一三年八月一日掲載

魔女志願

街から黒いコールタールで塗装した木製のゴミ箱が消えて、ポリバケツのそれに代わった。

東海道新幹線も開通した。浜松町・羽田間のモノレールができた。東京の街が目まぐるしく変わって、東京オリンピックがはじまった。

わたしは十九歳になっていた。

アルバイトに明け暮れた大学二年生の夏が終わり、秋空が広がった十月。開会式の聖火の最終ランナーをつとめたのが、自分たちと同じ年齢の青年であったこと。彼が一九四五年八月六日、原爆が投下された日に広島に生まれたこと。お祭り騒ぎにはつい背を向けたくなる癖があるわたしにも、それは印象的なできごとだった。

隣の家では、「開会式を観《み》るために」、カラーテレビを入れた。わが家はモノクロだったか、カラーだったか覚えていないが、祖母たちはテレビの前に座りっぱなし。なんとなく白けていたわたしも、女子バレーボール「東洋の魔女」の活躍はちょっと興奮した。が、それはむしろ、「魔女」という命名への興奮だったかもしれない。

米国セイラムでの魔女裁判をはじめとして、「魔女」は長い間、社会の秩序や慣習を乱す存在とされてきた。「東洋の魔女」という呼称は、そういった意味で、それまでとは違った使い方をされていた。「魔女」や「山姥《やまんば》」は、どの社会においても、既成の構造に異議申し立てをした女たちだったのではないか……。放課後の喫茶店。水ばかりをお代わりしながら、一杯六十円のコーヒーで何時間もねばった夜、そんな話を他大の女子学生と熱くなってしまったものだ。

「かっこいい、魔女になりたいね」

「そう、魔女志願ってところ」

白水社から刊行されたJ・D・サリンジャーの『ライ麦畑でつかまえて』に夢中になり、朝日ジャーナルを小脇に抱え（難しかった）、論でしか人生なるものを語れなかった頃のことだった。

二〇一三年八月二日掲載

キャッチャー

東京オリンピックがあった一九六四年。個人的にその年の収穫は、米国、J・D・サリンジャーの小説『ライ麦畑でつかまえて』だったろうか。

二〇〇三年には、村上春樹さんの訳『キャッチャー・イン・ザ・ライ』が刊行されたが、十九歳のわたしたちが読んだのは、野崎孝さん訳の『ライ麦畑でつかまえて』だった。

第二次世界戦争の後の米国。成績不振で三校目の高校を退学させられたホールデン・コールフィールド。彼がニューヨークの街を放浪し、実家に帰るまでの三日間を描いた作品だ。セントラルパークの池が凍ってしまったとき、あひるはどうするだろう、といった一節があった。

上京してすぐに母と暮らした東中野ハウス。アパートのすぐ近くにあった病院の庭の大きな池は、夏になると子どもたちのプールになった。その間、池にいた金魚や鯉《こい》はどこに行くのか不思議だったという記憶は、すでに書いた。秋になると金魚たちは、戻っているのだから。『ライ麦畑…』をはじめて読んで、セントラルパークの池の話が出てきた時、わたしはそれを思い出していた。

どこにいても、何をしていても、場違いな感覚があったわたしは、主人公の少年に共感した。彼が妹に問い詰められて、語った夢にもうなずくものがあった。……広いライ麦畑で遊んでいる子どもたちが、気づかずに崖っぷちから落ちそうになった時、子どもたちをつかまえてあげられるような……。そんな人になりたい。そう彼は答えるのだ。原題の「キャッチャー」とは、そういう意味だ。

わたしはそういう意味の「キャッチャー」になれるだろうか。十九歳のわたしは、考えた。

余談ながら、「第二次世界大戦」と日本で表記されるあの戦争を、わたしは第二次世界戦争と表記する。WORLD WARⅡの、どこにも「大戦」という言葉はない。それを敢《あ》えて「大戦」と訳したのはなぜなのか。原爆の被害性はもとより、加害性も含めて、あの戦争をわたしたちは記憶し続ける権利と責務があるのだが。

二〇一三年八月三日掲載

ケネディ暗殺

「ケネディが撃たれたとき、どこにいた?」

ある年代以上には馴染《なじ》みのこのフレーズに、2013年に翻訳刊行されたシンガーソングライター、キャロル・キングの自伝(河出書房新社)の中で再会した。そういった会話が、キャンパスでも酒場でもドラッグストアの店先でもよく交わされるという記事を読んだのは、ずいぶん前のことだった。いまでも、この問いは生きているのだろう。

一九六三年十一月二十二日午後零時三十分(現地時間)。テキサス州ダラスで遊説中にJ・F・ケネディは暗殺された。逮捕されたリー・ハーベイ・オズワルドは射殺され、彼を殺害したと言われるジャック・ルビーも事件から三年余りで病死した。もっと大きな権力が陰で動いているといった風評は当時も、そして現在でもあるし、容疑者を名指しした書物もある。

J・F・ケネディという第三十五代アメリカ合衆国大統領をどう位置づけるか。わたしはいまもって、明確な答えを持ち合わせていない。

が、「彼が撃たれたとき、どこにいた?」という質問には即座に答えることができる。日本時間では十一月二十三日、勤労感謝の日の早朝、わたしたちはお茶の水のキャンパスにいた。クラブの秋の合宿に出かけるところだったのだ。書いていて記憶がより鮮やかになってきた。毛糸の白い帽子をかぶっていたことも思い出す。

早朝のキャンパス。朝刊に次から次へと手が伸びて、誰かが持参したトランジスタラジオの周りに人垣ができていた。

わたしたちがケネディの諸々《もろもろ》の政策に対して、どんな意見を持っていたのか。はたまた、若々しいその姿と、スピーチライターの手になるものかもしれないのだが、彼のスピーチに魅了されていただけだったのか。

合宿のお供であるギターが入った誰かの黒いケースの表には、英字新聞から切り抜いた数カ月前の元気なJ・F・ケネディの笑った写真が貼ってあった。

二〇一三年八月五日日掲載

東京新聞

ケネディ大統領暗殺さる

けさ4時（日本時間）

テキサス州ダラス市で

頭部に銃弾をうける

オープンカーで進行中

立体交差上から撃つ

ケネディ暗殺を報じる昭和38年11月23日付の新聞

デモのさなかに

三年生になっていた。ロックアウトまではいかなかったが、団交やデモが日常の中に入ってきていた。そこらじゅうに、立て看板が並んだ。

ノンポリの学生であっても、授業とバイトの他にわたしたちの時間割にも、団交やデモが加わった。デモについては、「観に行く」場合もあった。頷《うなず》くまでに道のりがまだある場合は、「観に行く、でいいんだよ。そういう感覚って大事にした方がいいと思う。わからないまま、一方の当事者になるのは、かえって不誠実」

そうわたしに告げたのは、他大学の女子学生だった。学年は同じだったが、一度社会に出てからあらためて進学したひとで、何歳か年上だった。高校生の時、偶然知り合った女子大生にはじめての集会&デモに連れていってもらって以来、今回も年上の女性が一緒だった。

「政治の季節」だった、と過去形で書くつもりはない。いつだってわたしたちは政治と無縁に暮らすことはできないのだから。

ある日の、抗議デモだった。が、彼女がすぐ近くにいることで、わたしは安心していた。いまのようなゆったりとしたウォークではなく、速足に移った直後だったか。わたしは自分の変化に気づいた。そんな時期ではなかったのに、月経がはじまったのだ。

よりにもよって、こんな時に！　彼女に小声で伝えた。と、彼女はジーパンのポケットから小さな包みを取り出し、手渡してくれた。

「次の角で抜けて、喫茶店かどこかのトイレに」。その通りにした。ふらっと抜けることはできたほどの緩やかさがあった、その日のデモであったようだ。

「あっち側もこっち側も主流は、この袋の中身とは無縁な男性なのだ」

そのことをあらためて認識させられた、苦い瞬間だった。

二〇一三年八月六日掲載

横須賀基地ゲート前ですわり込みをする全学連のデモ隊ら＝1966年1月、神奈川県横須賀市で

就職試験

一九六六年の夏は、就職試験一色で過ぎていった。暑かったかどうかも覚えていない。

Tシャツを白いシャツブラウスに、ジーパンを黒いスカートに。バスケットシューズやゴム草履を三センチほどのヒールつきの黒い革靴に変えて、わたしたちは試験場を巡った。

リクルートスタイルというのは、どうやら当時も現在もあまり変わりはないようだ。

第一志望は出版社だった。とにかく活字の周辺で仕事がしたい、という単純な動機だった。

「ああ。ダメ、まったくできない。お手上げ」

配られた問題用紙を一目見た途端、茫然《ぼうぜん》自失、頭は真っ白。試験場でさすがにそうすることはできなかったが、いっそ大声で笑いたい気分だった。

岩波書店の筆記試験場。いつも通り「ご一行様」といった感じで、クラスやクラブの友人たちとどっと繰り出したが、第二外国語のペーパーテストなんて！

ほぼ白紙を提出したのだから、不合格は当然。さばさばしていた。続いて中央公論社（現・中央公論新社）。同じく失敗。一般公募をしている出版社はすべてと言っていいくらい受験した。そしてその度に落ちた。「ご一行様」全員で、である。

ひとつだけ、最終面接まで漕《こ》ぎつけることができた出版社があったが、面接の席上、父親がいないこと、戸籍について訊《き》かれた。試験官がどんな思いで質問をしたのか知る由もない。大した意味があったわけでもなかったかもしれないが、わたしには不可解な問いだった。

「試験を受けているのは、ほかでもないわたしなのです。その、わたしが責任をとれるのは、わたしが生まれてからのことであり、生まれるまで、ではありません」

青ざめた心の内で、わたしは叫んでいた。

この年の春、日本の総人口は一億人を突破。ビートルズが初来日した。

二〇一三年八月七日掲載

女子も可

就職試験が解禁になった当初、「まだまだ助走の時」とゆったりと構えていた男子たちの顔つきが変わってきた。髪形も変わった。

長髪の男子が増え始めていたが、就職試験が始まる頃になるとみな、「昨夜、散髪に行ってきましたって感じだね」。バリカンで刈り上げて青々とした首筋は、どこか心細そうにも見えた。

就職課の掲示板。一般公募を予定する企業名が並んだ紙に顔を近づけて（わたしは近視と乱視）、「女子も可」の文字を見つけると早速メモして友だちと共有した。メモはすぐに終わった。それほど女子に門戸を開く企業がなかったからだ。

「女子も可、だって。もかだよ、コーヒーじゃないのに」

「インディラ・ガンディーが首相になったのに、この国はこれだもんね」

セイロン（現スリランカ）に続いて、世界二番目の女性の首相がインドに誕生していた。あの時わたしたちは、自分たちが暮らす国にいつ女性首相が誕生するかを話題にしただろうか。覚えていない。

お盆で就職試験から一時解放された八月、竹芝桟橋から船に乗り込んだ。友人のひとりの実家がある、伊豆七島の神津島に向かう船旅。三等のチケットしか買えなかったから、甲板でのざこ寝だった。

乗り込むとすぐに、梅干し入りの大きな握り飯を頬張った。早速、少年マガジンを開いて、その春から連載が始まった『巨人の星』を、うす暗い甲板で読むものもいた。

誰かがギターを爪弾き、誰かがそれに合わせて歌いだすのも、いつものこと。ジョーン・バエズの『We shall overcome 勝利を我らに』。歌詞が簡単なこともあって、わたしたちの愛唱歌だった。讃美歌の何番かを編曲して新しく歌詞をつけたものだと知ったのは、後のことだった。

政治や社会の動きの中に、若者が発信したカウンターカルチャーが忍び込み、大きなうねりを内側から誕生させた時代である。

二〇一三年八月八日掲載

決定

一九六六年。夏が終わり、九月になった。快晴の朝、かかってきた一本の電話。受話器を握りしめて、わたしは友人のいたずらと思った。

ダメモト、で皆で受験した文化放送のアナウンサー試験。何次かの試験を経た後の、採用の電話だった。郵送による合格通知は後になるということだったが、それを確かめないと信じられなかった。

友人たちも、「あなたが？　まさか！」と信じなかった。一方、家族は驚いていなかった。アナウンサーという仕事がどういうものかわかっていなかったこともあったし、教職の単位をとった娘は教師になるはずと、母は期待していたようだ。

「性格的に、あなた、向いてないと思う」

確かにそうだった。

出版社の就職試験を次々に失敗していたその夏、一方で学校に残ろうかという思いもかすかに芽生えていた。欧米の女性作家の作品をもっと勉強したいという望みがあった。リリアン・ヘルマン、キャサリン・マンスフィールド、ヴァージニア・ウルフ、メアリー・マッカーシー等々。

学生時代はバイトに精を出してやりくりしてきたが、これ以上は親がかりふうな暮らしを続けられない。さらなる進学は無理だ。そんな折の、合格の電話だった。とにかく完全な自活を始めることができるのだと、うれしかった。

聴取率が視聴率に押され気味の時代で、「オールラウンドな放送人を求む」と、公募の用紙にはあった。そのあたりの枠の端に、わたしは辛うじて引っ掛かることができたのかもしれない。

幼い頃からラジオは暮らしの中にあった。落語も浪曲もポップスもほとんどラジオで覚えた。しかしわたしがなぜ？　悩むのは研修が始まってからでいい。自活の道が開けた安堵《あんど》感で、わたしは楽天的になっていた。

二〇一三年八月九日掲載

新しい扉

一九六七年の年が明けた。三月になると、文化放送の研修がはじまった。就職が決まった仲間たちは、記念の卒業旅行を計画していた。研修中のわたしは参加できず、差し入れを手渡して、新宿駅で皆を見送った。長野行きの電車。閉まったガラス窓に顔をペタリと押しつけておどける友だちに手を振りながら、わたしは不承々々受けいれていた。ひとつの季節が確実に終わったことを。

父親が興した工場を継ぐために郷里に帰っていった友人もいる。酔うと泣きだす癖のある、気のいいヤツだった。ひとつの扉が閉まり、新しい扉が開きつつあった。

研修はベテランのアナウンサーが講師となり、社屋の一室で朝九時から行われた。発声練習。名作と呼ばれる小説の一節の朗読。コマーシャルの練習。

「も少し愛嬌《あいきょう》が欲しいな」

「どこだっけ、出身は?」

「アクセントとイントネーション、まるでダメ」

同期入社のほとんどは、学生時代に放送研究会に所属していて、すでにプロに思えた。わたしはといえば、緊張すると栃木訛《なま》りが顔をだした。それもきわめて頻繁に。意識すると、余計ひどくなった。

「滑舌」を「カツレツ」と聞き違え、すごい、この会社は新入社員にカツレツの昼食を準備してくれるのか。勘違いして笑われた。

「アクセント辞典」が常時のお供になった。……わたしは今朝、顔を洗い、歯を磨きました……。生まれて二十二年間、難なく言えたこの一行を朗読するのに、「わたし」「今朝」「顔」「洗う」「歯」「磨く」とひとつひとつの言葉をアクセント辞典に当たり、それから助詞を引くのだ。

黒いビニールの表紙がついた、分厚いこの辞典を、片時も手放すことができなかった。初任給の半分は、母や祖母、叔母たちへのプレゼントに消えた。

二〇一三年八月十日掲載

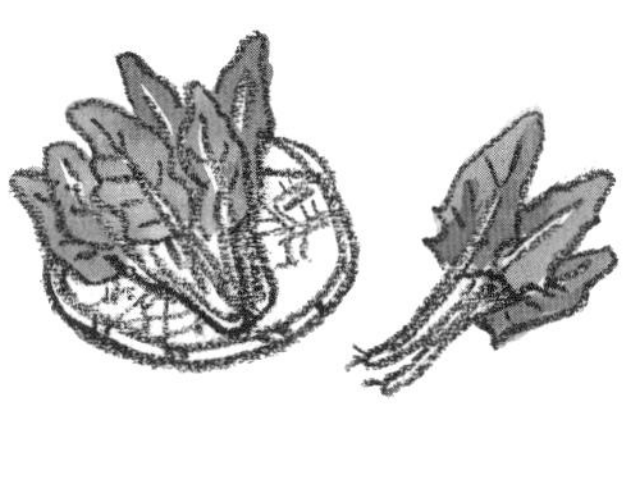

劣等感

週に一度は宿直勤務があった。電話の交換手やアナウンサー、いまはセクシュアリティとは無縁に客室乗務員と呼ばれる当時の「スチュワーデス」等、労働基準法で勤務時間の特例が認められていた。

その日最終のニュースと天気予報を読み終えると、数時間後の朝一番のニュースまで特別の大きな事件がない限り、フリーだった。

屋上に近い小部屋が宿直室で、そこで仮眠をとった。どこかに浴室もあったはずだが、「おばけがでる」などという噂《うわさ》があって、一度も使ったことはない。ニュースを読むのは男性、天気予報の担当は女性だった。いつの間にかこういった役割分担が成立してしまったのかは知らない。とにかくわたしはアナウンサーという職種に、適応するので精いっぱいだった。

わずか五分ほどの農業についての情報番組。五分の番組の収録にどれだけの時間を要したか。早めに原稿を取りに行き、ひとつひとつの言葉をアクセント辞典で引いてからでないと、読み始めることはできなかった。ディレクターこそ大変だったはずだ。

劣等意識は日に日に増していく。どうしてわたしは、受かってしまったのだろう。どこに居ても、何をしていても、わたしの中に巣くう場違い感、靴擦れの感覚が甦《よみがえ》っていた。いまでもそれは存在するが、当時のそれは、より具体的な場違い感であり、劣等感だった。

ラジオ局の芸能セクションにある、よく言うならば開放的な空気、ちょっと意地の悪い見方をするなら、どことなく馴《な》れ馴れしい雰囲気にも全く溶け込むことができなかった。

「よっ、元気っ！」と肩をポンと叩《たた》かれると、固まった。「Hands off. It's my property. 手をよけなさい。あなたがいま触れているのは、わたしの財産（身体）です」。全米の自動車労働組合だったかの女性スタッフたちが、セクシャル・ハラスメントに反対するメッセージを記した、ステッカーを胸につけて出社したと知ったのは、十数年もあとのことである。

二〇一三年八月十一日掲載

同期生が次々に番組を担当していった。女性アナウンサーの場合は、メインの男性アナウンサーのアシスタント役が多かった。この傾向はいまでもある。アシスタント役は時にメインよりも繊細なフォローが必要となり、役割としては決して容易ではない。それでも、女性というだけでアシスタントと決められるのは、なんだか変だとは思っていた。しかし、そのアシスタント役もわたしには素通りだった。

アナウンサーという職種は受け身の部分が多い。まずはディレクターやプロデューサーの意向で、出演の「お呼びがかかる」(この表現がわたしは好きではなかったが)のだ。どちらにせよ、わたしは蚊帳の外だったが。

次の年の新人が入社してきても、天気予報、火災速報、台風情報といった告知の仕事ばかりが回ってきた。これらの情報は、暮らしに直結するかけがえのないものだったが、同期生が番組を持ち始める中、劣等意識はさらに募った。

そんなわたしの隠れ家のひとつが、レコード室。内外のレコードが集まったそこで、次から次へとレコードを試聴して、自分なりのアーティストノートを作成する。もうひとつの居場所は、効果室だった。熟練の技術者がいて、当時、盛んだったラジオドラマの効果音を次々につくりだしていた。ある種、職人の世界である。波の音といっても、砂浜に押し寄せる波、沖合の波、時化《しけ》の時、春の海、冬の荒れる海と、それぞれ違った。雪の上を歩く音も、女性の場合と男性の場合で違ったし、履物が雪駄《せった》か下駄《げた》か、革靴かゴム長靴かで微妙に違った。ガラス戸に降る雨。トタン屋根を叩《たた》く雨音。風速三〇メートルの雨音。ひとつひとつの説明も、実際の音づくりもとても興味深かった。冗舌ではないが、ひたすら音を追求している仕事ぶりに圧倒され、ラジオ局の新たな一面を知った思いがした。

この体験は、後に小説雑誌に書いた『音の川』となる。

二〇一三年八月十三日掲載

一九六八年

会社のモニターから、グループサウンズが流れていた。『花の首飾り』『エメラルドの伝説』、『長い髪の少女』。

わたしは相変わらずアクセントとイントネーションに悩まされていた。年の初めから、佐世保港に入港する米原子力空母の寄港阻止の闘争が重ねられ、東大医学部の無期限ストも始まった。米国では、四月にアフリカ系アメリカ人の公民権運動のリーダー、マーティン・ルーサー・キング・ジュニア牧師が、六月には司法長官のロバート・ケネディが暗殺された。

『卒業』、『俺たちに明日はない』等、ニューシネマ系の映画が次々に上映。十月にはメキシコ五輪が開催された。先輩のアナウンサーの中継をテキストに、わたしたちは勉強した。が、わたしにとって最も衝撃的なメキシコ五輪の出来事は、陸上男子二百メートルの表彰式での「事件」だった。

二人のアフリカ系アメリカ人の選手が、拳を高々と掲げて自国の人種差別に抗議したあの場面である。異議申し立ての示威行為が、表彰台の上で行われ、世界中が「それ」を目撃するとは予想すらしていなかった。

表彰台にあがった一位のトミー・スミス選手と三位のジョン・カルロス選手は、国歌が流れ、星条旗が掲揚されている間、高々と挙げたのは黒い手袋をした抗議の拳だった。

二人のその後については数々の資料もあるが、同調した二位のオーストラリア人、白人のピーター・ノーマン選手（写真左端の男性）もその時、人種差別に抗議をするワッペンを胸につけていたと知ったのは、最近のこと。彼は四年後、七二年のミュンヘン五輪の予選で好成績を記したものの、代表には選ばれず、私的にも不幸が重なり、二〇〇六年に死去。その葬儀で彼の柩《ひつぎ》に付き添ったのが、スミス選手とカルロス選手だったという情報も、最近になってネットで発見した。

〇五年。二人の選手の抗議行動をたたえ、卒業した大学に銅像が建立されたという。

二〇一三年八月十四日掲載

1968年10月、メキシコ五輪の表彰式で黒人差別に抗議し、黒手袋をはめた拳を挙げるトミー・スミス選手㊥とジョン・カルロス選手㊨（写真提供：AP/アフロ）

失った声

「どこにも異常はありません。たぶん心因性のものですね」

総合病院の耳鼻咽喉科。幾つかの検査を終えた後、医師は告げた。これで四軒目の病院だった。診断はどこも同じ。病院巡りが続いていた。

何の前触れもなかったが、ある朝目を覚ました途端、声を失っていた。出るのは、押しつぶされたような息の音だけ。

一体、何が起きたのだろう。

「治療法は、……ありません」

心因性のものだから、と同じ言葉が繰り返された。

発声器官に問題は全くない。声が戻るのを待つしかない。眠れないようだったら、睡眠導入剤を処方する。どの病院でも診断は同じだった。

もともとアナウンサーという仕事に、適性がないのだ。それを続けていることが、声を失った原因なのではないか。

「心因性」という説明が、小学校時代の幼い記憶を連れてきた。お茶ノ水の大学病院。奥まった神経科の病棟。昏々《こんこん》と眠る母がいた……。

耳鼻咽喉科の壁には、十日後にはやってくる新しい年のカレンダーが鋲《びょう》で留められていた。頭が錆《さ》びた鋲だったことを、鮮明に覚えている。

退社か。デスクワークへの転職希望か。受け入れられるか……。

病院からの帰り道。街にはクリスマスソングが流れていた。花屋の店頭に、根がついた小さなモミの木が転がっているのを見つけた。売れ残ったものだろう。四十センチほどのそれは、枝先が折れかけていた。売れ残りだから、と安くしてもらったそれを抱えて帰宅した。

出社してもアナウンサーの仕事は当然できず、デスクワークとコマーシャルコピーを書くことが当面の仕事となった。

年が明け、カレンダーが二月になってから、失った時と同じように突然、声は戻ってきた。

二〇一三年八月十五日掲載

賞与

「だから、女は……」とは言われたくない。頑《かたく》ななそんな思いが、いつだってあった。どうやら、わたしが自分が女だと意識するのは、女が差別や偏見の対象になる時に限られるようだ。

ひとりの女の失敗はあくまでも彼女のそれであり、女性全般への評価とするのはフェアではない。しかし評価とは、厄介なことに、そういった側面も持っている。だからより一層肩に力が入る。緊張が解けない、疲れがとれない、といった悪循環となっていく。

それらの疲労から解放されるのは、現金なもので、毎月二十五日、給与袋を手にする時だった。現金な現金、である。当時給与は振り込みではなく、給与袋に入れて手渡された。

バッグの底に給与袋を忍ばせて帰宅する夜は、ケーキや和菓子がわが家への土産になった。

わたしの給料日を、母もしーちゃんも、誰よりも祖母が楽しみにしているのを知っていた。ほんのりとした賑《にぎ》わいがやって来るのだ。

「ありがたいねえ」

祖母は、祖父の仏壇に給与袋と土産をあげながら言う。

自分で働いて手にしたお金で自由にお土産を買える。それが素直にうれしかった。

入社三年目の冬の賞与だったろうか。突然自費出版を思いついた。高校時代から書き溜《た》めた詩のようなもの、短編小説の断片のようなもの、すべては「ようなもの」だったが、手元に溜まっていた。

神田の学生街の古本屋で出会い、何度も読み返した一冊の薄い詩集。それが自費出版だったことにも刺激されていたのだ。洋服も靴もハンドバッグも欲しくはない。

無駄遣いをしているという後ろめたさをねじ伏せて、未開封の賞与の袋を持って自費出版をしている小さな会社を訪ねていった。思い込んだら、というわたしの性格が表れたのだ。丸い眼鏡をかけた痩身《そうしん》の初老の男性が丁寧に、話を聞いてくれた。

若草色の表紙の、薄い「ようなもの」が百部刷り上がった。

二〇一三年八月十六日掲載

夜明けの時間

集会やデモが続く二〇一三年の夏。糠漬《ぬかづ》けを漬けた。ラッキョウも漬けた。暮らしのエネルギーが外に向かっていると意識する時……。暮らしの根っこを確かにしたい、内側も充実させねばという思いが、糠漬けとラッキョウになったのだ。わたしのバランスのとり方を、笑わば笑え、だ。

＊

あの頃もそうだった。テーブルの上に糠漬けが入った小鉢と、大きな塩むすび、メザシと味噌汁《みそしる》が並ぶ。午前五時三十分。街のどこかで牛乳瓶が触れ合う音がし、どこかの新聞受けがコトリと鳴った。

ラジオ局に近いスナック。午前三時から始まるほぼ二時間の生放送、『走れ！歌謡曲』を終えると、アシスタントの日大芸術学部の学生さんと、夜明けのスナックで遅い夜食兼早い朝食をとるのが習慣になっていた。

先輩の女性たちの、結婚や出産退職が続いたからかもしれない。外部のひとではなく、自社の社員に担当させたほうが経費は発生しない、ということもあったのだろう。その番組を担当するようになっていた。

米国映画『アメリカン・グラフィティ』や、クリント・イーストウッドが初めて監督し、主演したスリラー『恐怖のメロディ』。それらに登場するDJのように、スタジオの外のミキシングルームで、話し手が自分で機械を操作しながら進行していく番組だった。

たくさんのミスもあったが、機械の操作は嫌いではなかった。

ターンテーブルに選曲したレコードを載せる。スタートボタンを押す。十一秒のイントロに、歌詞の出だしにかぶらないように、短い曲紹介を乗せる。一拍置いて、すっと歌が始まる。うまくいった！　そんなことが、ささやかな快感を連れてくる。

『真夜中のギター』、『白いブランコ』、時代を写した、『フランシーヌの場合』。五月三日の放送で、憲法の前文と九条を、曲と曲の間で、ただ読み続けたり……。

わたしを悩ませ、嫌悪させる「レモンちゃん」という愛称がついたのも当時だった。

二〇一三年八月十七日掲載

解放区？

午前三時からの「走れ！歌謡曲」を卒業して、零時から始まる深夜放送「セイ！ヤング」にわたしは引っ越した。それらの番組が「もうひとつの解放区」などと呼ばれていた時代である。

ＴＢＳは『パックインミュージック』、ニッポン放送は『オールナイトニッポン』といった独自の番組を連夜生で放送していた。それぞれの番組には「パーソナリティー」と呼ばれる存在がいて、亡くなった糸居五郎さんの見事なＤＪ、文化放送には土居まさるさんというパイオニアがおられた。

余談ながら今年の春、某所で偶然、土居まさるさんのおつれあいにお目にかかった。「一見崩したように響く口調だったが、土居さんは言葉の基本にきわめて忠実でデリケートだった」とお伝えしたら、彼自身そう言っていたとおつれあいも頷《うなず》かれていた。

七〇年安保の時代。土曜夕。新宿駅西口には、学生をはじめ働く者も集まった。「西口フォーク」である。

一方「もうひとつの解放区」と喧伝《けんでん》された番組を担当したわたしは、解放とはほど遠いところで息を詰まらせていた。

深夜放送をひとりで担当する女性が少なかったからだろう。取材する側にいたつもりが、いつの間にかされる側になっていた。わたしの持病とも言える、場違い意識がまたもや頭をもたげていた。

わたしが望むと望まざるとにかかわらず、「希少」扱いされはじめた。後ろに「価値」がつかない「希少」である。いつかは沖合に引いていく波を楽しむ余裕が、わたしには全くなかった。

取材「される側」の違和感、事実とは違うことを記事にされた無念さをたっぷり味わった季節でもある。あまりに事実とかけ離れたものには、内容証明を送った。と、「なにさまのつもりか」と、また書かれた。「なにさま」ではないのだ、わたしはわたしでしかないのだ。活字の周辺で働きたいと願っていたわたしのかつての夢は、小さな失望に侵されていく。同時に自分のことは自分で書く、というひそかな覚悟が、わたしの内で育ちつつあった。

二〇一三年八月十八日掲載

新宿西口のフォークゲリラ＝1969年5月

自意識

自意識は、時にナイフのようにその持ち主自身を切りつける。作られ、再生産、再助長されていくイメージの中で窒息しかけていた「セイ!ヤング」時代。

会社の正面玄関を入った途端に、首から胸のあたりまで、突如じんま麻疹が広がったことがある。仕事を終えて会社を出ると、すっと引くのだ。

「書かれるうちがハナだよ」

慰め顔で言ってくれる先輩もいたが、それは「痴漢もされなくなったら、女はおしまいだ」という、あの不快な文言とどこかで繋《つな》がっているような無念さがあった。

いま、わたしは共同通信社経由で、取材原稿をいろいろな新聞に連載している。取材に応じてくれたかたに原稿を読んでいただき、確認をとった上でないと入稿できない癖は、当時のトラウマからきているのかもしれない。

メディアは報道・表現される側にとってはあくまでも強者なのだ。そのことを忘れてはならない、とメディアのひとつ、ラジオ局に在籍しながら、何度も痛感していたからか。

訂正記事はほとんど載らないか、載ったとしてもきわめて小さい。そして、僅《わず》か二センチ四方の訂正記事にさえ、力学が働く。従って市民の場合、多くは泣き寝入りするしかない。泣き寝入りを「選ぶ」のではない。そうする他に方法がないからだ。そうして、こういった「イケイケ」の記事や映像が、真実、大事な報道や表現を阻もうとする権力の介入を呼び込むエクスキューズになることも、心に刻みたい。

事実と違ったり、取材された側の人権、人格を深く傷つける記事や報道は、結局、報道・表現する側の自由に、権力の規制を呼び入れる誘い水に直結する。むろん、ジャーナリズムが対峙《たいじ》すべきなのは、権力であり、規制すべきなのは権力の横暴であるのだが。

二〇一三年八月二十日掲載

百回

「七十八、七十九、八十、八十一、八十二」

流し台の前に立って、水道の蛇口を全開して手を洗い続ける母の薄くなった背中を見ている午前零時。かすれた声で回数を数えているのも、母。

「ね、もういいでしょ？　充分《じゅうぶん》でしょ？　ばい菌なんてついていないよ」

母はしかし、小声で数え続け、手を洗い続ける。

「八十五、八十六、八十七、八十八、八十九」

石鹸《せっけん》を泡立てた両手をこすり合わせるたびに、数字がひとつずつ増えていく。百回に辿《たど》りつかないと、彼女の「洗手《せんしゅ》」第一章は終了しない。

第一章は、夕方届けられた郵便物を受け取ったところから始まった。郵便に触れた自分の指先にばい菌がついた、と母は主張する。

「ばい菌」の正体はわからない。母自身、わかっていない。自分の日常を侵略する外側からやってくるすべてのもの……。それを母は「ばい菌」と名付けているようだ。

第二章はドアノブからはじまる。ドアノブに触れた指に、新しいばい菌がついたとまた言うのだ。

そしてまた「七、八、九、十」。石鹸をつけた手を百回洗う。指先はふやけて、白くなっている。

何にも触れずに、暮らしていくことなど不可能だ。電気のスイッチに触れても、食器に触れても、自分がしていることが無意味だと「知ってるけど、止まらない」と母はうめくように言う。

神経科の病院巡りがまた始まった。

眠れずに迎えた朝の満員電車。見上げた女性週刊誌の広告に、わたしの名前と共に「出生の秘密！」という文字が躍っていた。会社にも、わが家にも取材者はやってきたが、きわめて個人的なことであり、こちらが応えていないのだから記事にはならないだろう、と思っていたが。

「五十八、五十九、六十、六十一」

呪文のようにつぶやきながら、母は手を洗い続けている。週刊誌には戸籍謄本の写真と、いつ、どこで撮ったのか母とわたしのツーショットも掲載されていた。

二〇一三年八月二十一日掲載

リスナー

テーブルの上には放射線状に、その夜の必需品が並べてある。

日本茶やコーヒー等の飲みもの類。歌詞カード、その日の朝刊と夕刊各紙。詩集や小説。dog's ear　犬の垂れた耳のようにページの端を折ってあるところの、一行なり二行なりを、今夜の番組で紹介する予定だ。

読み上げる順に重ねた葉書《はがき》や封書もある。そして簡単な進行表と、ぼろぼろになったアクセント辞典。

それらが、深夜放送を担当するわたしの必需品だった。

放送の前には食べない。食べると、どうも声の出がよくない。むしろ、少々空腹気味のほうが心地よい緊張感が生まれる、と勝手に決めていた。

あと三分で番組は始まる。スタジオ備えつけの時計の秒針を確かめながら、自分の腕時計を外す。なぜか外したくなる癖があった。椅子の下には脱いだ靴。これも癖だった。わたし流の緊張感を解く方法がいくつかあった。

あと二分で番組が。消え入りたいと思いながら、一方で、満を持す気持ちもある。小さなスタジオが、間もなく外とリンクする。

午前零時。スタジオのランプが、オンエア中を意味する赤ランプに変わる。

明日が今日に変わる、瞬間。

午前零時の時報と同時に、番組のテーマソングがカットインする。

♪夜明けが来る前に語り合おう♪

音楽がぶつけるように割って入ることを、カットイン。下からすーっと入ってくるのをフェードイン。同じ手法で消えていくのがフェードアウト。テーマソングのカットインは、わたし自身がフェードアウトしたくなる一瞬でもあった。

今夜も三時間の番組が始まった。疑似ではあったとしても、「もうひとつの解放区」。

ディレクターのキューが来る前に、大きく息を吸い込む。

担当して二カ月もすると、差出人の名前を確認せずに、ああ、あのひとだ、と文字で判別できるようになる聴取者がいる。後に当時の「常連」さんの中から出版社に就職し、編集者になったひとを数人知っている。

わたしが果たせなかった夢を、彼女や彼が果たしてくれたのだ。

二〇一三年八月二十二日掲載

若者、たち？

ラジオの前に若者「たち」は居ない。居るのは、それぞれの「個人」である。放送を始めてから、そう思うようになっていた。同じ十七歳でも暮らす環境は違う。

それぞれがそれぞれの「場」から、それぞれの居場所に光を当てて、社会を、政治を、個人的な出来事を綴《つづ》って送ってくれる。

女性が進行する番組となると、男性の聴取者が多いように思われがちだが、わたしが担当した番組のリスナーは、女性のほうが多かったようだ。年に二回だったか行われる聴取率調査の結果が、それを教えてくれた。

番組が終わるのは午前三時。処分するしかない紹介しきれなかった手紙の山に、いつも戸惑いながら。

幼馴染《おさななじみ》の死についての長い手紙を受け取ったこともある。他愛《たわい》ないことで仲たがいをし、明日こそ電話をと思っていた矢先、友人は事故で亡くなってしまった……。その悔いと、保育園の頃から分かち合った日々の記憶を、抑制の効いた文章で書いていた。友人の死を通してむしろ、生きることの意味を問われている、という結びだったろうか。

放送で紹介しているうちに、不覚にも涙声になった。仕事では、少なくとも人前では決して泣かない、と就職した時に決めていたのだが。翌週、同じ文字の手紙が届いた。「あなたも引っ掛かりましたね。隣の局の☆☆さんも引っ掛かりました。あの手紙、すべてフィクションです」

深夜放送は受験生が主たる聴取者だと言われていた。確かに受験生は多かったが、秋になると、「うちの事情で就職を決めました」。そんな手紙が増えていく。世相や家庭の事情が、若者の将来のある部分を決めていく。「オレは労働者だ。学生だけが若者じゃない」。実際、当時の大学進学率はおよそ13%。「団塊の世代」の多くは、中高卒で就職していた。

二〇一三年八月二十三日掲載

なんでもあり

テレビと活字は明らかに違うものがあったが、ラジオと活字には共通するものがあるように思えた。

マクルーハンだったたか、ホットなメディアとクールなメディアについての本が流行《はや》っていた。ラジオはホットで、テレビはクールなメディアだ、と。ポール・ニザンの『アデン・アラビア』。……僕は二十歳だった。それがひとの一生でいちばん美しい年齢だなど誰にも言わせまい……。

このフレーズに、何週にも渡って議論めいたものが続いた記憶がある。葉書《はがき》や手紙を通しての、リスナー同士の議論がいつもあった。番組と、それを担当するわたしは、あくまでも媒介でしかない。そう思えれば、気が楽だった。マイクを前に番組を進行するのは、誰であってもいいはずだ。必要なのはオンエアの時空そのものなのだ。

前掲の議論にピリオドを打ってくれたのは、ひとりの女性からの投書だった。

「あたしゃあ、眠い。学生さんはいいな、放送聴きながらウトウトもできる。学校でもウトウトできる。縦にしたり横にしたり、斜めから眺めてみたりで、政治を社会を語る。論で遊べる学生さんがうらやましい。あたしは勤労女子。昼間の仕事だけでは弟たちを養えないんで、夜は新宿で、アルトサックスの『ハーレム・ノクターン』に合わせて、踊っている。一枚一枚、身に着けたものを自分で剝《は》がしてね。この番組を聴いている『あなた』の父親たちも、身を乗り出して、そんなあたしを観《み》てるかもよ」。そんな内容だったが。翌週にわかったことがある。投書は実は十七歳の女子高生が書いたものだった。「ごめん、ウソ、ついちゃった」。

こうして、深夜放送という「もうひとつの解放区」は、成田闘争と片思いと、西口フォークゲリラと、色とりどりの「時代の盛り付け」の片隅に存在していたのだ。

二〇一三年八月二十四日掲載

できません

生放送中に緊急の外線が入ったのは、午前三時の番組中のことだったか。

いまの言葉にすると、「認知症」の高齢の母親が、夜中に家を出てしまった。徘徊《はいかい》の症状は以前からあって気をつけていたのだが、ちょっと目を離した隙に裏口から出たらしい。交番に届けたが、四時間たったいまも見つかっていない。家族総出で捜し続けているが、放送で呼びかけてはくれないだろうか。息子さんに当たるひとからの電話だった。

独断で予定を変えて、オンエア中に呼びかけた。服装は……、身長は……、特徴は……。しばらくして、警備室の電話を経由してスタジオの電話が鳴った。長距離トラックの運転手さんからだった。

深夜の街を歩いていたその母を、見つけての電話だった。「よかった」。見つかるまでの間、ラジオを聴くひとも、放送を進めるものも、ご家族と思いを共有したのだ。

一方、番組が重すぎることもあった。自分では背負いきれない重さだった。

いつもの心の靴擦れが、また頭をもたげ始めていた。

「それは、できません」

他の番組のスポンサーである企業のオーナーだったか縁者だったかが、次の参院選で立候補する。その応援演説会に顔をだしてくれないかという、営業部からの要請だった。

そこまで「仕事のうち」とはわたしには思えなかった。それに、彼を公認した政党の主義主張は、わたしのそれと大きく違っている。

「それはできません」。在職中、何度その言葉を口に載せたことだろう。「考えさせてください」と言うと、引きずってしまうから、その場で即答してきた。

組織の一員としてどこまで受け入れ、どこからを断るべきか。その線引きがいつも心にはあった。

二〇一三年八月二十六日掲載

都会の夜に＝東京都港区で

誰かいない?

かかってきた電話。デスクの前にいたわたしが受話器をとる。

「誰かいない?」

妙にくだけた男の口調が突然、受話器の向こうから返ってきた。誰かいない?って、誰か居るから受話器をとってるのに。

「だからさぁ、誰かいない?」

相手が苛立っているのは口調からもわかった。彼がいう「誰か」とは、男性のことなのだ。女では仕事の話はできないのか。すぐにわかったが、こんな時、わたしは意地悪な気分になってしまう。

「誰かって、誰のことでしょうか?」

ひとが月に行く時代になっても。こうなのだ。毎度のことながら、やはり腑に落ちない。異議あり、である。

お昼はラーメン+ギョーザ。先輩と一緒に向かった近くの店。行列ができている。「少し時間をずらせば、よかったね」

こちらを覗《のぞ》いた店の主が手招きしながら、大声で呼んでくれる。

「おっ、聴いているよ。いいよ、いいよ、先に入んな、忙しいだろ?」

行列の顔が、なんだよ!に変わる。やはり順番がありますから、と主の好意を固辞し、わたしは歩きだす。先輩が一緒だったことも忘れるほど、無性に恥ずかしかった。居たたまれなかった。

大したことではない。それでも、こういった扱いがどうしようもなく恥ずかしいと感じてしまうのだ。いっそノッて楽しんでしまう、ということが、わたしにはできなかった。

羞恥心というよりむしろ、淡い屈辱感めいたものと、どう向かい合っていいのかわからないまま、わたしは二十六歳になっていた。

久しぶりに会った学生時代の友人。転職の相談だった。

「向いてないんだよな」。彼女は言った。わたしもなんだよな、と思いながら、彼女の話を聴くしかなかった夜。

二〇一三年八月二十七日掲載

女の居場所❶

……タダでゆける／ひとりになれる／ノゾミが果たされる……。石垣りんさんの『公共』という詩の冒頭である。

タイトルの『公共』とは、「とある新築駅の比較的清潔な手洗所」のこと。若いと呼ばれる年代を過ぎたひとりの女の日常である。

「彼女」は今日も、昨日の続きの一日の仕事を終え、職場から家へと急ぐ。この時間、八百屋ではひと山の茄子《ナス》やトマトの値段も下がっていることだろうと考えながらかもしれない。心は急《せ》くが、ささやかな気分転換、一杯のコーヒーを飲んだところで、誰もとがめはしないはず。「彼女」はそう自分に言い聞かせる。

けれど、喫茶店に長居すること自体罪深く思え、小さな贅沢《ぜいたく》を自分に許してやった後、彼女は足早に向かうのだ。職場と家庭との間にある、その狭い空間、「公共」へと。

そして、薄手の一枚のドアを閉め、鍵をかけ、「持ち物のすべてを棚に上げ」

る。そうすれば、「そこ」は、彼女の束《つか》の間の自由空間……。

石垣さんがこの詩を書かれたのは一九六〇年代だが、二十一世紀の現在もおおかたの女は同じような日々を送っているのではないか。

「三十年働いて、いつからかそこに安楽をみつけた」と記された石垣さんは、十代半ばから勤め始めたその職場を定年まで勤めあげられ、心に響く作品を刻み、二〇〇四年に亡くなられている。

この『公共』という詩を読むたび、わたしは泣きたくなる。勤め帰りに、公共の場で、人知れず深いため息をつき、時には涙を拭った女たちが、一体どれほどいたことだろう、と。そして、いまも。

一杯のコーヒーを飲む間もなく、家のあれこれに追われ、家人が寝静まった後、冷めかけた風呂の湯を頭からかぶって、嗚咽を押しころした女が一体、どれほどいたことだろう、と。そして、いまも。

母もまた、そんな女たちの中の、ひとりだったはずだ。

二〇一三年八月二十八日掲載

詩人・石垣りんさん

女の居場所❷

一九七〇年代、ラジオの深夜放送がブームとなり、その渦の片隅にわたしもいたことはすでに書いた。

自意識過剰なもの言いをしてしまえば、自分という存在の輪郭が徐々に、ある時から急速に崩れていくような不安と焦燥が心にはあった。

そういった日々の中で、石垣りんさんの『公共』という詩に出会ったのだ。職場と家庭、二つの「ヤマとヤマの間にはさまった」新築駅の「比較的清潔な手洗所」。詩人がそこに「安楽」を見つけたように、わたしの安楽は、石垣さんや新川和江さんたちが紡ぎ出された言葉の「中」に存在した。

四十代半ばの寡黙な女性がひとりで切り盛りする三坪ほどの喫茶店。アレサ・フランクリンやニーナ・シモン（二人とも公民権運動にかかわったアフリカ系アメリカ人の女性）の歌声が低く流れる空間。

思潮社からいまも刊行されている縦長の詩集に記された一行の言葉が、ひとつの句読点が、行間の沈黙が、「外」からの風を遮ってくれそうだった。

石垣りんさんには後に番組にご出演いただいたが、その作品にどれほど心震わせ支えられたか……。過不足なくお伝えすることはできなかったように思う。

『公共』に記された石垣さんの思いは、時代を遡《さかのぼ》り、海を越え、英国の女性作家・ヴァージニア・ウルフの『自分だけの部屋』（みすず書房）の主張とも重なるテーマだと、わたしは考える。ウルフは、年に五百ポンドと「ドアに鍵がかかる部屋」が女にも必要だと主張した。彼女は詩人や作家等の表現者についてそう言ったのだが、狭義の表現者に限定することはないはずだ。ひとはみな、「自分自身の人生を生きる」という意味における表現者であり、「自分を生きていく」ことこそが、誰にも肩代わりできない、かけがえのない表現活動そのものと言えるのだから。

ウルフが言った「鍵がかかる部屋」はそのまま石垣さんの一枚のドアさえ閉めれば、束《つか》の間の心の置き場となってくれる「とある新築駅の比較的清潔な手洗所」とわたしの中で呼応する。

そういった視点から女性の居場所について、いつか書いてみたい。そう思いながら、何年も経《た》つのだが……。

二〇一三年八月二十九日掲載

問題発言

いつも通り、深夜放送は始まった。いつも通りレコードをかけ、投書を紹介していると、緊急のニュースが入るという。「現場からの生中継」だ。

学生と機動隊が衝突、というレポートが報道記者から入った。「暴徒と化した学生」。そんな言葉が何度も何度も繰り返された。報道記者には、確かにそう見えたのだろう。ひとつの出来事もどちらの側から光を当てるかによって、全く違う景色が浮かび上がるものだ。

「機動隊は挑発していないのでしょうか?」。わたしがそう訊《き》いたのは、大した意味や思想があってのことではなかった。反射的な反応でしかなかったと思う。

わたしでも知っていた。最前線にいる機動隊員のひとりひとりは、彼らが対峙《たいじ》する学生とほぼ同世代の若者であり、同じ年に高校を卒業し、一方は就職を、もう一方は進学したものもいるであろうことを。それでもその夜のわたしには偏ったレポートに思えた。そう思えたわたしのほうこそ、別の側から見れば、偏っているのかもしれない。

番組を三時に終えて、そのまま帰宅。疲れているのに、生放送の直後にはすぐに眠りの波に乗ることができないのも、いつものこと。

「明け」で一日休み。学生時代の友人と夕方に待ち合わせて映画を観《み》て、食事を楽しんだ。その頃、会社ではわたしの発言をめぐって、揉めていることなど知る由もなかった。

自社のニュースに否定的なコメントをした、と報道部から抗議があったと知ったのは、翌日出社してからだ。

「微妙なテーマだから、今後、ま、気をつけるように」。アナウンス部の上司はそれしか言わなかった。おろす、とか、おろさないとかいろいろあったようだ、と知ったのもずっと後のこと。

『戦争を知らない子供たち』という曲へのリクエストが、番組に多く寄せられていた頃だった。

二〇一三年八月三十日掲載

1968年1月、機動隊と対峙する全学連＝東京・霞が関で

「そうなのよ、あなたからも言ってくださいよ。わたしも心配で」

祖母の電話で話す声が、二階のわたしの部屋にも聞こえてきた。耳が少し遠い祖母の話し声は大きい。

誰と話しているのだろう。祖母の声は続く。

「さあ、どうなんでしょう、なんにも言わない子なんで」

もしかして、わたしのこと？ と思った途端、「恵子、電話よ」。階下から祖母の声が上がってきた。

電話は、前の年に弁護士と結婚した学生時代からの女友だちからだった。

「あなた、つきあっているひと、いないの？ お祖母《ばあ》さまが、誰かいいひとはいないかって。恵子に紹介してください、と」

も、余計なことを！ わたしはむっとする。

「お祖母さまは、弁護士とか医師がいいって」

「あのひとが結婚するわけじゃないのに」

居間に戻って昼のワイドショーなど観《み》ている祖母に、わたしは宣告する。

「余計なこと、言わないでよね」

「だって、お友だちが次々に結婚していくのに」

「友だちは友だち、わたしはわたし。それに弁護士とか医師とか、職業まで決めないで。結婚してくれる弁護士や医師を探すことにエネルギーを使うくらいなら、わたし自身が弁護士か医師になるから」

「いまさら、なに言ってるの。無理よ」

「確かに！　でも余計なことを友だちに言わないでよ」

「わたしが元気のうちに、あなたの……」

「申し訳ありませんね。母娘揃《おやこそろ》って、花嫁姿をお見せできないで」

祖母とわたしの甘噛《が》みのような会話に途中から加わった母は、そう言ってほんのりと笑った。

二〇一三年八月三十一日掲載

会いたい人

午前三時十分。深夜放送を終えてスタジオからデスクのある部屋に戻ると、待っていたかのように電話のベルが鳴った。

名前を聞いて、ああ、彼だとすぐにわかった。ラジオ局の地下にある喫茶室でバイトをしている学生だった。

民放の局の雰囲気にすぐに慣れてしまう学生も少なくないが、彼は違っていた。コーヒーや紅茶を運ぶフロアの仕事を、静かに折り目正しく淡々と続けている好青年だった。

ある事件の不当逮捕をアピールする呼びかけ人のひとりになってほしい。彼はそう言った。

「お願いします」

呼びかけ人を引き受けるとすると……。いろいろな手続きが頭を過《よ》ぎる。翌日から出張の予定もあった。あのセクションと、このセクション、この上司とその上司に一から説明して……。場合によっては、いま電話で話をしている彼についても問われる可能性がある……。

機動隊と学生が対峙《たいじ》した例の事件。生放送中のわたしの発言で、上司にはすでに面倒をかけている。

本当のことを言えば、考える余裕がなかっただけかもしれない。トライしてみようという必死の意気込みが欠けていることが、自分でもわかった。

結局わたしは、彼の依頼を断っていた。

「わかりました。頑張ってください、これからも応援しています」

そう言って彼は電話を切った。制作部のガラス窓に、まだ置けない受話器を手にしたままの、わたしが映っていた。

わたしは大事な機会を自ら放棄したのだ。誰かの不当逮捕と闘う一員となる機会を。代わりに面倒な手続きから自分を救ってしまったのだ。

数年後、子どもの本の専門店クレヨンハウスをオープンするその朝、彼からの一本の真紅《しんく》の薔薇《バラ》が、開店前の店のドアにたてかけてあった。

ユージン・スミスの水俣を撮った写真展に衝撃を受けた年。

あの日から彼は、わたしがずっと再会を願うひとのひとりだ。

二〇一三年九月二日掲載

全共闘の学生と機動隊＝
1970年6月、東京・青山で

メリーゴーラウンド

次々にヒットコマーシャルを手掛けたＣＭディレクターが亡くなった。自死だった。

「ハッピーでないのに　ハッピーな世界などえがけません　『夢』がないのに『夢』をうることなどは……。嘘《うそ》をついてもばれるものです」といった内容の遺書が残されていた。

その部屋には確か、ビートルズの『ザ・ロング・アンド・ワインディング・ロード』が流れていたという記事を読んだ記憶がある。お目にかかったことはなかったが、大きなショックだった。

試写室で観《み》た米国映画。野心と夢を素手に握って都会に出てきた若い女たちが夢破れて、別の道を選ぶ日々を描いたグループ劇だった。その映画の中で流れていた曲が、なぜか心に突き刺さって、抜けなかった。歌っていたのは、ディオンヌ・ワーウィックだったか。

いつ降りるの？　この回り続けるメリーゴーラウンドから。決められるのは、わたししかいない……。

週刊誌の記者に、下着の色を訊《き》かれて、「失礼です」と席を蹴って立ち、「生意気」と書かれることにも飽き飽きしていた。彼らとて、訊きたくて訊いているのではないだろう。仕事だから、だ。わかってはいても、屈辱的に思えた。放送で消えていく言葉には、まさに消えていく爽快感があったが、わたしは、ほかの誰でもなく、自分の内側に刻む言葉が欲しかった。書きたいという気持ちが募っていた。

女性週刊誌に連載して単行本にもなったシリーズ、『スプーン一杯の幸せ』はびっくりするほど売れたが、「トラックいっぱいの憤り」こそ、わたしは書きたかった。

「女性管理職という道もありかな」

「うちは、まだひとりもいないもんね」

制作部にひとり、ＣＭ課にひとり、ほぼ同世代の仲のいい女友だちがいた。三人ともシングル。後にふたりは管理職になり、定年まで、それぞれの分野で活躍した。誇りに思う友人だ。

二〇一三年九月三日掲載

辞表

幌《ほろ》をあげた白い大型のスポーツカーが局の前に止まり、彼女が運転席から降りてきた。先輩の女性ディレクターだ。

かっこいい！　わたしは見とれる。

媚《こ》びたところの全くない、ひとだった。「清潔な無愛想」と、わたしが密《ひそ》かに呼んでいた彼女。

組織には必ず、枠に収まりきれないひとがいる。彼女も、そんなひとりだったのだと思う。

「自分に嘘《うそ》つかないこと。こういう業界ではそれが大事。流されちゃダメ」。仕事でご一緒したことはなかったが、廊下ですれ違った一瞬、彼女にそんなふうに言われたことがある。そしてアドバイスする自分に照れたように、一瞬肩をすくめると、大股で立ち去ったのだ。

いろいろなひとに出会った。ひとつの番組のテーマソングを決めるために、何日もレコード室にこもり続けた芦沢務ディレクター。

ラジオの最もいい時期を、彼ら彼女らと共に過ごせた幸運に感謝する。自らもアナウンサーだったアナウンス室のボス、土屋恵さんもリベラルなひとだった。何かあるたびに、「おはなしがあります」と気色ばむ生意気な劣等生、わたしに実に根気よくつき合っていただいた。

その日、わたしは辞表を提出した。番組はそれまで通りに続いたが、他局の番組には数年間出演しないという条件つきで受理され、正社員から契約社員となった。ロッキード事件が起きたころだった。

「身分保障のある正社員をおりることに、不安はなかったか?」

当時も、その後もよく訊《き》かれた。

電話口で、「文化放送の……」と言った途端、名前まで確認しないで取材を受けてくれた人たちがいた。組織そのものが名刺でもあるのだろう。

取材依頼にOKが出るまで、「こんなに時間がかかるのか」。

組織の力を痛感させられた日々でもあったが、むしろ気持ちがよかった。

stand alone ひとり立つ、とちょっとかっこつけて、うそぶいていた頃のこと。

二〇一三年九月四日掲載

第二の誕生日

海外といっても、ほとんどが欧米だったが、取材で訪れる街で、幾つかの「子どもの本の専門店」に出会った。

自分がいままで座っていた椅子を指差《さ》しながら男の子は言う。

「うちのママもこの席で、子どもの頃に絵本を読んでたんだよ」

見知らぬ旅行者をはじめは遠巻きにしていた子どもたちだったが、ひとりが口火を切ると、次々に言葉が飛んでくるようになる。

どこから来たのか？　名前は？　何の用なの？　好きな絵本は？

店にはだいたい「座り読み用」の比較的大きな年代物のテーブルがあって、子どもは（大人も）書棚から好きな絵本を抜き取ってきて、そのテーブルで絵本を開くのだ。

「ここにイニシャルがあるでしょ？　パパが彫ったんだよ。すっごい叱られて、パパ、泣いちゃったって。ね、知ってる？　うちのパパはむかし、子どもだったんだよ」

そう、すべてのそれぞれの大人はかつて、子どもだったのだ。サン・テグジュペリの『星の王子さま』の一節ではないが、そのことを覚えている大人は、少ないのかもしれないが。

いいな、こんな空間が欲しい。仲間たちから「無謀の落合」と呼ばれていたわたしの中の、「無謀虫」がすでに騒ぎ始めていた。

不労所得としかわたしには思えない『スプーン一杯の幸せ』シリーズの印税が、残っていた。「マンション、建てれば？」「土地買っておいたら？」「老後のために貯金でしょ！」

いろいろアドバイスを受けたが、それは「無謀」に反するではないか。不労所得は、使ってしまうのが原則。このあたりの覚悟のほどは、ちょっと茶化《ちゃか》してしか書けそうにない。

名前のクレヨンハウスは、子どもがはじめて手にする「表現の道具」からとった。こうして一九七六年十二月五日、東京原宿に子どもの本の専門店クレヨンハウスは誕生した。一八・三坪の小さな店だった。それはわたしの第二の誕生日とも言える。

二〇一三年九月五日掲載

1976年、女性セブン（小学館）に連載した「スプーン一杯の幸せ」のカット

前夜

一九七六年十二月四日。オープン前夜にパーティーを開いた。パーティー嫌いのわたしが生まれて初めて、そして結果的には最後にした、自分が主役であろうパーティーだった。

本当にパーティーが苦手なのだ。

「苦手というのは、苦手を克服しようという努力を怠っている自分を許す言葉じゃない?」。女友だちにそう言われた。「心優しくも遠慮のない友だち」に、わたしは恵まれている!　確かに彼女の言う通りだ。

しかし、パーティーに関して、苦手を得手とする努力をしたことはない。

オープン前夜のパーティーには、多くの友人知己が駆けつけてくれた。「子どもの本屋って一体、何だ?」。そんな素朴な疑問を抱いた参加者もいただろう。

文化放送時代、最も仲が良かったふたりの女友だち、岡部さんと五井さんは、招待された側であるのに、途中で袖をたくしあげ洗い場に入り、グラスを次々に洗ってくれていた。

「も、無謀な落合だからね」

「反対すると、意地になってやっちゃうところがあるんだよね」

「だから反対しなかったのに、本当にオープンするとはね」

「彼女の次のパーティーは、この店の解散式だね。長続きは無理だね」

洗い場で頬《ほお》に石けんの泡を飛ばしながらの、彼女たちの参加だった。

パーティー客が帰った後、かなり遅くなってから店のドアがそっと開いてイラストレーターの和田誠さんが顔をだされた。

片隅の椅子に座って、「クレヨン貸して」。メニューの隅に次々にイラストを描いてくださった。「ぼくからのお祝い」

和田さんのイラスト入りのメニューはたちまち店内から消えてしまった。和田さん作と知ったお客さんが「お持ち帰り」してしまったのだ。

二〇一三年九月六日掲載

1986年、誕生10年の「クレヨンハウス」=東京・表参道で

ハイテンション

高いテンションの日々が続いた。

一冊の絵本に、一杯のコーヒーに心から「ありがとうございます」と頭を下げることの、なんと痛快なことだろう。

一日の終わりにむくんだ足をさすり、最後は裸足《はだし》になって狭い店内を飛び回りながら、わたしは実感していた。

子どもの本を軸にして、子どもと本が、子どもと大人が、子ども同士が向かい合い、情報の受発信ができる柔らかな空間。同じ思いを抱きオープンにはせ参じてくれた数人のスタッフもみな二十代と三十代。わたしも三十一歳の、若い会社だ。組織嫌いのわたしがつくった組織。

始めてみれば、不備ばかりが目についた。志が高い分だけ、経済面でのリアリティー感覚は乏しい。毎月、支払いの時期になると、「足りないんです」。「ま、来月、頑張ればいいって!」。

最も自分がそこに居たいスペースを作ったために、わたしはそこに居ることができない、というねじれが生まれた。が、苦労とは思わなかった。誰に言われたわけではなく、そうしたくて、自分で始めたのだ。わたしが外でせっせと働いて、補填《ほてん》するしかない。それも苦労とは思わなかった。

子どもの本の専門店に限らず、子どもにかかわる活動や仕事は、ある種、「泣き言」が通りやすい。

「大変なんです」と言えば、確かに大変だろうと、頷いてくれるひとがいる。取材にみえるメディアのひともそうだった。みんな、ひとの子だ。誰かの苦労話は嫌いじゃない。ところが、わたしは苦労話がいやなのだ。気取り屋というなら、そうです、と答える。虚栄だというなら、「ささやかな誇りです」と答え返す。

実際、自分で選んでしたことで「苦労」したとしても、それは「苦労」じゃない。「無謀街道まっしぐら」と言われていたわたしは、そう考えていた。

二〇一三年九月七日掲載

夜明け前

夜明け前から雷鳴が轟《とどろ》く朝。ここ数日、「気圧が不安定」だとニュースが伝えていた。激しい雨が窓のガラスを叩《たた》いた。濃い橙《だいだい》色の花をつけたノウゼンカズラの蔓《つる》が風の思うままに大きく揺れている。

今回は番外編として、リアルタイムの原稿に。九月四日、百十五年続いた民法の規定を覆し、最高裁は、婚外子の相続差別を漸《ようや》く「違憲」と決定した。五日の東京（中日）新聞も一面トップで報じている。

この連載でも何度か触れているが、わたしも婚外子のひとりだ。というか、生まれてきたこの国の法律によって婚外子に「なった」、あるいは「された」というほうが正確だろう。

すべての子どもは「ただの子ども」として生まれてくる。そして子どもは、どの国の、どの法の下、どの家族に生まれるかを選択できない。出生は、努力によって修正することができるものでもない。

「違憲決定」は、婚外子の相続分を、結婚した男女の間に生まれた子の二分の一とする規定についてのものだ。相続を二分の一とすることは、その子の存在を二分の一であると法が規定してきたことでもあり、差別の助長に法が手を貸し続けてきたことをも意味する。

百十五年も続いたこの不平等の下、どれほどの子が、女性が、自分の出生や出産を肯定できずにきたことか。「出生の秘密」を隠すことに、どれほどのエネルギーを費やし続けてきたことか。

子どもには何の責任もない。

この違憲決定は同時に、婚外子に限らず、わたしたちひとりひとりが構成員たるこの社会が、子どもをどう位置づけるか。人権をどう考えるかを、わたしたちそれぞれに問いかけたものとも言える。この決定が、社会に未《いま》だ在る、あらゆる差別の、固く閉じられた扉を開く一歩となることを心から願う。

違憲決定について幾つかの取材を受けて帰宅した夜、ご近所のフェンスに蝉の抜け殻を見つけた。

土の下で長く暮らし、漸く羽化した蝉は、この雨をどこで凌いでいるのだろう。

二〇一三年九月九日掲載

婚外子の相続規定をめぐる最高裁の決定を受け、「憲法違反」の垂れ幕を掲げる弁護士と喜ぶ支援者＝2013年9月4日午後、最高裁で

のけぞる

「クレヨンハウスの開店資金はどうしたの？　誰かに出してもらっていると、みんなが噂《うわさ》してるよ」

はるか年上のひとにそう訊《き》かれて、最初は意味がわからなかった。しばらくしてから質問の意味するところに、のけぞった。

確かにわたしは公に「主宰者」という言葉を使うことが多い。代表取締役社長という言葉は使いたくないのだ。本の流通とか出版社とか取引先と会ったときは、そう記された名刺を交換することもあるのだが。

名実共に、とはとてもじゃないが言えないが、実質役職はそうなのだ。が、「社長」と胸を張れるほどの業績はない。第一、恥ずかしい。それで主宰者と名乗ることになったのだが、その呼称から、資金提供者が他にいるのではないかと考えるひとがいるのかもしれない。

クレヨンハウスをスタートさせたのが三十一歳でも、わたしが男だったら、そうは考えないだろう。

そんなふうに分析すると、ちょっとばかり無念である。

「誰にお金出してもらってるのかと、みんなが言っているよ」

人が「みんな」と言う時の、「みんな」とは往々にして「自分」のことだったりする。あなたこそ、そういう暮らしをしてきたの？　だから、そういうふうにひとを見てしまうのではないかなあ。バッカモーン！

その夜、わたしは心の中で毒づいていた。枕で壁を数回叩《たた》いたかもしれない。

誰が、こんな薄利の仕事に資金を提供などするものか。本が一冊売れても、書店には二割しか入らない。利益の少ない仕事だ。

しかしそれを承知で選んだのは、ほかでもないわたしだ。だったら、できるところまでやるしかない。ゼロから始めたのだから、ゼロに戻ったとしても、プラマイゼロってことだろう。

この気持ちは、クレヨンハウスをつくって、三十七年目を迎える現在も変わってはいない。

それにしても、よくもったものだ、とわれながら思う。

二〇一三年九月十日掲載

1977年ごろ

深呼吸の時空

いま現在クレヨンハウスでは、定期的に学習会や講演会を行っているが、オープンから数年間は、不定期ながらやってきた。住井すゑさん、丸岡秀子さん、大江健三郎さん、灰谷健次郎さん、高木仁三郎さん、澤地久枝さん、小山内美江子さん、佐高信さん……それぞれの先達の、熱く真っすぐなメッセージに心震えたわたしがいた。井上ひさしさんのお話をお聴きできたのは、恒例の「夏の学校」だった。

今年の八月にも開催した夏の学校は、京都大学原子炉実験所の小出裕章さん、絵本作家のささめやゆきさん、長谷川義史さん、詩人の谷川俊太郎さん、山田洋次監督等が講師を引き受けてくださった。うれしかった。

当初は、手探りながら受発信の空間としてのクレヨンハウスに、そして自分自身にアクセルを踏み込む季節にした。

「無謀な落合」は、会社員としてはできなかったことをひとつひとつ、時には幾つも並行して（そこが無謀と言われる所以《ゆえん》だ）試みていった。失敗もあった。しかし、充実していた。むしろ失敗から教えられたことのほうが多かったのではないか。

ほぼ十年勤めた民放のラジオ局を退職した時、よく訊《き》かれたのは、「会社を辞めて、何、やるの？」だった。

照れくさくて言葉にはできなかったが、内心、わたしは思っていた。「わたしは、わたしを、やる！」の、だと。

何よりも学びたかった。手当たり次第に本を読んだ。会社勤めをしていた頃も本はきわめて身近にあったが、書店を開くと、本の中に常時いることができるのだ。こんなに楽しいことはない。しかしその空間を維持するために、わたしは「外」で働くしかなかったのだが。

当時、次々に翻訳刊行されたフェミニズムの本も、わが家には急速に増えていった。ずっとわたしの内側に在った、時に靄《もや》のような思いや明確な疑問、苛立《いらだ》ちの根本のひとつは、「これ」だったのだ。フェミニズムの波を全身に浴びて、わたしは深い呼吸の仕方を徐々に、そしてある時から急速に獲得していった。

二〇一三年九月十一日掲載

クレヨンハウス「夏の学校」
で話す小出裕章さん

わたしのフェミニズム

「アンチ・ナショナリズムとも言えます」

フェミニズムについて訊《き》かれると、そう答えることがある。男性優位社会は、それ自体が男性優位という「ナショナリズム」を内包している。だから、わたしのフェミニズムを大雑把《おおざっぱ》に言えば、アンチ・ナショナリズムになる。

「抱かれる女から、抱く女へ」。そんなコピーが週刊誌に躍った一九七〇年。個人的には、「抱く」でも「抱かれる」でもなく、ゴールは「抱き合う個」でありたいと思う。

振り子の論理である。どちらかに振られ過ぎた振り子を真ん中に戻すには、いままで振られなかった側に大きく振ってみるしかない。この場合の「真ん中」とは、人種や国籍、セクシュアリティ等を超えた、「個」である。その「真ん中＝個」に辿《たど》りつくまでの文化的、政治的読み解きと実現のための思想と姿勢、その活動として、フェミニズムは現在も必要だと、わたしは信じている。

米国では一九七二年に「ミズ」誌が創刊されていた。

男性の場合の敬称は未婚、既婚にかかわらず「Mr.《ミスター》」ひとつだが、女性は、「Miss《ミス》」と「Mrs.」に分かれる。自分で「ミス」、「ミセス」と紹介したい場合はいいけれど、はたから押しつけられる呼称には抵抗がある。そこで、未婚・既婚を問わない敬称として生まれたのが、「Ms.《ミズ》」だった。

ヘレン・レディが歌った「I am woman」がグラミー賞を受賞したのが、一九七三年。

……そうよ、私は賢いわ。でも、この賢さは、born of pain 痛みから生まれたものよ……。この一節を、いまでもわたしは口ずさむことがある。

いまより遥《はる》かに不自由な時代を生きた、母や姉たちの世代を思いを馳せながら。

二〇一三年九月十二日掲載

欠如の体験

「なんか、チクチクするんです」

普段は快活で、聡明《そうめい》な彼女が浮かない表情をしてつぶやいた。

閉店後のクレヨンハウス。彼女はスニーカー、わたしは例によって靴を脱ぎすてて、ソックス姿だ。

幼稚園教諭から転職してきたスタッフのひとりである彼女は、瞬く間に何万冊もある本を読み、「歩く検索機」と言われていた。「ねえ、ウサギが出てきて、おかあさんのたんじょうびで……」。小さなお客さんのうろ覚えに、「はい」。次の瞬間には書棚から『うさぎさんてつだってほしいの』が手渡されている。その彼女が浮かない表情をしているのだ。

子どもの本にかかわるひとの集まりに参加してもらったのだが、その場の雰囲気を彼女は「チクチクする」と表現したのだ。

いま現在、クレヨンハウスは世の少子化に背くように、スタッフの出産ラッシュ、育休ラッシュが重なっているが、当時は、子どものいるスタッフはいなかった。

子どもの本にかかわる会合等に参加すると、「子どものいないあなたたちに、子どもの本はわからない」といったもの言いをされることが多かったようだ。

すべての子どものいる大人が本当に子どものことを考えているなら、世界中から戦争は消えているはずだろうが！　わたしなら、そう応えるだろう。「わが子」はいなくとも、子どもと共に生きることは可能なはず。同時代を生きる同士としての、子どもと共にである。

好戦的な政治家はみな子どもがいないのか？　だから戦争が好きなのか？　改憲派はみな、子どもがいないのか？　だから憲法をなし崩しにしたいのか？　原発推進派は子どもや孫がいないのか？

そんな時、関西在住の詩人藤波玖美子さんの詩の次のような言葉に出会えた。

……子どもがいないことを、もし欠如と呼ぶなら、それは体験の欠如ではなく、欠如を体験していること……。

その詩をスタッフに紹介したのは、その夜だったか、別の夜だったか。

二〇一三年九月十三日掲載

子どもの本とは

現在、毎週日曜の朝、ＮＨＫラジオでやっている『落合恵子の絵本の時間』は、次のようなフレーズから始まる。

……一冊の絵本を開くとき、あなたのもうひとつの旅がはじまります。絵本は、生まれてはじめて本というものに出会うもっとも小さなひとから、年齢制限なし。深くて豊かなメディアです……。

そして、毎週選んだ一冊の絵本を紹介し、好きな曲をかけるのだ。

子どもの本の専門店という呼称はだいぶ広がったが、番組の冒頭で毎週言うように、子どもの本とは、生まれてはじめて本という不思議な存在に出会う幼いひとからはじまって大人まで、年齢制限のない自由なメディアであると考える。

実際、現在クレヨンハウスには、孫や子と共に座り読み用のテーブルで絵本を開く大人が多い。が一方、「自分のために」一冊の絵本を探す、高齢のお客さまや若者も少なくない。

かつて勤務したラジオ局の深夜放送は、若者向け、主に受験生をターゲットとした番組と言われていたが、実際の聴取者の中に中高年もいたように。また、若者と言っても受験生ばかりではなく、働く若者もいたように。

当時、第三水曜日に来られる七十歳後半の男性がおられた。何冊もの絵本を時間をかけて読み、途中で席を替えてコーヒーを飲み、また座り読みをするという数時間の過ごしかたをされていた。

話を伺いたいと願いながら、あまり立ち入っては失礼ではないか、という思いがブレーキをかけた。わたし自身が、本に夢中になっている時に突然声をかけられたらちょっと、と思うからだ。

ある日のこと。天候の話から始まって、彼が学徒動員の最後の世代であることを伺った。後に戦死する絵描き志望の親友に感化されて、絵を描くようになったこと。戦後、一度は絵描きを夢見たこともあったが、周囲に猛反対され、結局は家業を継いだこと。そしていま、「こうして、絵本を楽しませてもらっています」。

アイツにも見せたかったよ……。戦死した親友のことを、一瞬遠い目をして彼はそう言った。

二〇一三年九月十四日掲載

反《アンチ》

三十代から四十代はじめにかけては、小説もずいぶん書いた。

性暴力を告発した「ザ・レイプ」。タイトルが英語になったのは、「強姦《ごうかん》」という言葉が広告には使えなかったためだ。確かに、文字面だけ追っても、忌々《いまいま》しくも不快きわまりない日本語である。それをレイプと片仮名の横文字にしたことで、語りやすくなったことは事実かもしれない。

がしかし、その犯罪の暴力性、「魂の殺人」とも言える犯罪性や被害者の深い傷に関しては、横文字にすることでむしろ薄められてしまったのではないか。そんな後ろめたさのようなものが残ったのも事実である。

性暴力の被害者が、その犯罪を告発することによってさらに社会から傷つけられることを「セカンドレイプ」、二度目のレイプと呼ぶ。それをそのままタイトルにした小説も書いた。セクシュアル・ハラスメントをタイトルにした作品も。言葉を拡《ひろ》げることによって、実相を根づかせたいという強い思いがあった。

血縁の家族に疲れきって、「結縁」の家族を新しくつくりあげる人々を書いた『偶然の家族』（中央公論社）。この小説には、年が離れたゲイの恋人同士も登場する。同性愛者であることで、血縁とは疎遠にならざるを得なかった過去を持つふたりである。

親しい文芸関係の編集者から、言われた。

「なぜ、敢《あ》えてゲイを書く必要があるのだ」

なぜと問われても、わたしが心惹《ひ》かれるのは、書きたいのは、社会の枠組みから、ともするとはずれがちなひと、はずされる人々なのだ。

other voices 別の声たち、周辺の声たちと訳すことも可能だろう。main voices 主流の声は、敢えて声をあげなくとも、そこに居ることはできる。other voices は、声をあげなくては、あるいはあげても、踏みつぶされる可能性がある。そして、声をあげることで、さらなるバッシングにさらされる。

権力に対する、「反」の姿勢を貫いた多くの市民運動もまた、同様である。

二〇一三年九月十七日掲載

生還者

雑誌に掲載した小説『ザ・レイプ』が単行本になったのは、一九八二年。あれから三十年余り、「魂の殺人」と言われる性暴力の罪深さを、わたしたちの社会はどれほど共有できただろうか。

小説の形を借りた問題提起でもあるこの書をわたしに書かせてくれたのは、被害を受けた女性たちの存在だった。声をあげ、いかに自分が傷ついたかを公に語ることができる女性はごく少数だった。そういった女性（男性の被害者もいるが）を「サバイバー、生還者」と呼ぶのは、この暴力が被害者たちをどれほど傷つけ、その後の人生をも大きく変えてしまうかを表している。

「勇気をもって」告発した女性たちは、周囲や時にはメディアによってもバッシングされた。

被害そのものとは直接関係のない過去を掘り返され、普段の行いを問われ、いかに抵抗したかをも問われる場合が多かった。そのために、どれほど多くの被害者が、「泣き寝入り」を選ばざるを得なかったか。それは選択ではなく、社会が力ずくで「選択させる」、強要である。歩行中に上から落ちてきた鉄骨で重傷を負ったひとに、誰が、被害者側の「落ち度」を問うだろう。どうして抵抗しなかった、と言えるだろうか。

彼女たちの苦悩と無念さ、憤りと孤立感は、同じ女性を生きるわたしのそれであり、被害に遭うことなくわたしが生きてこられたのは、偶然、わたしがラッキーだった、ということでしかない。なぜなら、被害者に共通するタイプなどなく、男性の被害者もいるが、多くは彼女が、「女」であるから、だ。

一体、被害者が「潔白」を証明しなければならない犯罪がどれほどあるだろう。性暴力に対するかつての対応はそうだった。が、それは「かつて」と呼べるものなのか。当時、さまざまなメディアに書いたり語ったことを、いまここでも再現しなければならないことが無念極まりない。

母の匂い

血のつながった家族の関係に傷つき、疲れ果てた数人が、古い家を借りて共に暮らす日々を描いた小説『偶然の家族』。刊行されたのは、一九九〇年だった。これも小説雑誌に書いたものに加筆して、単行本としたものだ。

母は当時、自分の部屋にこもりきりだった。病院では神経症といわれたが、俗に「不潔恐怖症」と呼ばれていたものだったと思う。何にも触れることができなかった。

自分の周囲に在るものすべてが「汚い」、「ばい菌がついている」、と母は言う。百回も食器を洗うのは、「汚い」から。だから食べない。むろん食材も、どんなに洗っても「汚い」だった。身長一五四センチで、体重は三七キロ。健康を保つ限界に思えた。自分の部屋にこもりきりで、手洗いに立つ時だけ、出てくるという状態の母親には何ができただろう。

入浴も「汚い」である。「お風呂に入らないほうが、不潔なのよ」

何度言っても、石鹸《せっけん》すらも「汚い」の連続だった。着替えもしたがらないから、そばにいくと饐《す》えたような匂いがした。強引に入浴させようとすると、浴室に行くまでの何本かの柱にしがみつき、母は悲鳴をあげた。「つかまった柱は汚くないの?」。意地の悪い言葉がわたしの口をついてでるのも、そんな時だった。

神経科通いが再び始まった。漸《ようや》く病院に辿《たど》りつけば、「ばい菌がうようよしてる」と引き返そうとする。

そのうち、予約をした日になっても起きないようになった。掛け布団を剝がし、洗面をさせ、着替えをさせているうちに、予約の時間が徒《いたずら》に過ぎてしまう。その繰り返しだった。

母を心から愛しながら、手の打ちようもない日々の中で、わたしは血縁ではなく、「結縁」の家族について書いていたのだ。母が自分の部屋にこもったように、わたしもまた書くという行為の中に、当時のわたし自身のシェルターを見つけていたのだと思う。

二〇一三年九月十八日掲載

ルーザー

マーガレット・ミッチェルが書いた『風と共に去りぬ』を読んだのは、中学生の頃だったか。

映画にもなって、クラスはスカーレット派とメラニー派に二分された。周囲さえも焼き尽くすような烈《はげ》しいスカーレットか、穏やかなメラニーか。プレスリー派かパット・ブーン派かでクラスが分かれたこともある。

映画『風と共に去りぬ』はアカデミー賞を八部門で取ったが、この年の歌曲賞は『虹の彼方に』（オズの魔法使い）が受賞した。

『八十日間世界一周』（一九五六年公開）や『アラビアのロレンス』（一九六二年公開）のテーマ曲なども受賞している。トルーマン・カポーティの『ティファニーで朝食を』（一九六一年公開）の主題歌『ムーンリバー』も歌曲賞を受賞し、先頃亡くなったアンディ・ウィリアムスのボーカルでヒットした。

ずっと以前、ノミネートはされながら受賞には至らなかった曲を歌ったアーティストのＬＰを買ったことがある。そのＬＰのタイトルに、LOSER

敗者という言葉が入っていた記憶がある。

直木賞に関しては、わたしもLOSERだった。何度候補になったかは忘れたが、かなりの回数だった。そしてそのたびに、LOSERになった。

賞というのはそういうものだ。誰かが勝者になれば、誰かは敗者になる。

「あのひとは、受賞したら、その場で辞退の記者会見を開くって」。そんな噂《うわさ》を聞いた。「あのひと」とは、わたしのことだ。

そんなことを言葉にした覚えはない。プレゼントは、するのもされるのも好きだ。しかし、なんとなく納得しそうな噂だから、本人も苦笑するしかない。

いやだったのは、当日夕方からワイドショウのレポーターに追われることだった。「落ちたご感想は？」。嬉《うれ》しいはずはないだろう。

それらも、遠い昔のできごとだ。

権力などに阿《おもね》ることなく、好きなものを書いていく……。それでいいではないか。

二〇一三年九月十九日掲載

九月の歌

この原稿を書いているわたしの部屋に、いま『セプテンバー・ソング』が流れている。九月の歌。毎年この季節になると、いろいろなアーティストのバージョンを聴いている。

♪五月から十二月までは長い月日があるけれど、九月になって日が短くなると、日々は瞬く間に滑り落ちていく。九月、十一月、そして、残り少ない日々を、あなたと共に過ごしたい♪　確かそんな内容のラブソングだ。

一九五〇年に製作された米映画『旅愁』は、すでにあったこの曲をもとにストーリーがつくられたという。

ジョゼフ・コットンが技師で、ジョーン・フォンテーンがピアニスト。彼は妻と離婚するため、彼女はコンサートに出演するために、イタリーから米国行きの飛行機に乗り合わせる。が、飛行機はナポリに不時着。昼食をとりに街に出ている間に飛行機の出発に遅れてしまうのだが、その飛行機が事故に遭い、ふたりとも犠牲者として発表される。そして、存在そのものが消されたふたりの愛の物語がはじまる……。

結果的にふたりは別れることになるのだが、人生に「やり直し」は果たして可能なのか？　そんな問いかけも含んだメロドラマ（懐かしい響き！）だった記憶がある。

「その映画、観《み》たわよね、あなたと一緒に」。母がそう言ったのは、いつの九月であったろう。確かにわたしも名画座かビデオかで観ていたが、それはずっと後のことで、母と一緒ではない。とすると、母はいつ、誰と一緒に観たのだろう。

一九五〇年代の母に、映画を観る余裕などあったろうか。母を見送って何度目かの九月。まだ悲しみには着地できない浮遊感の中で、わたしはこんな想像をしたことがある。

どこかの映画館。椅子に並んで座っているのは、母と、わたしが知らない男性。電車の網棚に重たい荷物を載せるように、母にも時にその手に余る日々の暮らしを「棚上げ」できる一瞬があったなら……と。

J・F・ケネディも好きだったという『九月の歌』を聴きながら思ったことだ。

二〇一三年九月二十日掲載

一九八〇年

その年、わたしは三十五歳になっていた。

悪くない年齢だと思う。「良くするも悪くするも自分次第」、という意味においてである。政治等、外から押しつけられる不幸や不穏は別として。

取材旅行先の朝。コーヒーを飲みながら時間を確かめるためにつけたテレビに、馴染《なじ》みのあの丸い眼鏡をかけたジョン・レノンが大写しになっていた。オノ・ヨーコと訪れたアムステルダムでの平和を祈念してのベッドインなど、このところ彼らはむしろ平和活動家としてクローズアップされていた。

しかし、その朝のニュースは、平和とは真逆な内容。十二月八日。ニューヨークの自宅、ダコタハウスの前で、ジョン・レノンが射殺されたという報道だった。加害者が、この欄でも触れたことがある、J・D・サリンジャーの『ライ麦畑でつかまえて』を手にしていたというのは、後から入ってきた情報だったか。

一九八〇年十二月。その日の取材を終えて入った、東京から遠く離れた街の小さな喫茶店には、ジョン・レノンの『イマジン』が繰り返し流れていた。

二〇一三年七月も米国フロリダで、十七歳のアフリカ系アメリカ人の少年を射殺した男の正当防衛が認められ、無罪評決がでた。

殺された高校生は、トレイボン・マーティン。「Trayvon Martin could have been me 35 years ago. 彼は三十五年前のわたしだったかもしれない」。オバマ大統領も、死を悼んでそんなコメントを発表したというニュースが伝えられている。断片的な資料しかないが、この裁判の陪審員は一人がヒスパニック系女性、残りは全員白人だったという。

それが自衛のためであっても、人を殺せる武器を常時携帯できる銃社会において、果たして「平和」などあり得るのか。

二〇一三年九月二十一日掲載

不眠の日々

眠れない夜が続いていた。

表参道沿いのビルの一角にクレヨンハウスをオープンして、十年がたとうとしていた。

クレヨンハウスは二階に入っていたが、地下一階、地上六階のそのビルのオーナーが、毎週のように代わっているという噂《うわさ》が伝わってきた。そしてある日、ビルの中のすべてのテナントに、立ち退きが要求された。わが店も例外ではない。地価が高騰し、いわゆる「土地ころがし」が社会問題になりつつある頃だった。

営業時間が終わってから、わたしたちテナントは夜毎《よごと》、ミーティングを重ねた。

「うちのスタッフがこわがっちゃって。妙な男たちが用もないのに、ビルの中を一日中、うろうろしているでしょう」。アクセサリーの店をやっている温厚な男性が言った。

「突然、立ち退けなんて不当ですよね」、「オーナーが次々に代わるし、そのたびに代理人も代わるから、どこと話をしていいのかわからないんですよ」

結局、それぞれのテナントが団結して、「闘う」ことに一致した。

しかし気がつけば、次々に「仲間」がいなくなっていた。その後はお定まりの幾らで手を打ったという悲しくも腹立たしい噂が、小声で囁《ささや》かれるのだ。

わたしは出るつもりはなかった。突然の移転ほどお客さまに迷惑なことはない。が、不安なのは、これからどんなことが起きるか全く予測がつかないことだった。

「店の前でキャッチボールをしている男性たちがいます」。

旅先からかけた電話。受話器の向こうで、スタッフが訴える。ビルの中を貫く廊下で、誰が一体、何のためにキャッチボールをするのだろう。

「黒いスーツの男性が、入り口の近くのコーヒーテーブルに足をのせて、おろしてくれません」

ただただ絵本や児童文学が好きで入社した、二十代、三十代の女性スタッフの怯《おび》えた声。

二〇一三年九月二十四日掲載

地下一階、地上六階のビルの二階に、結局クレヨンハウスだけが残された。わたしの意志で残ったのだ。

弁護士からは法的に立ち退く理由はないと言われていたから、わたしは踏ん張りたいと思っていた。

「おたくも立ち退きに応じたほうがいいですよ、何があるかわかりませんよ」。つい数日前まで、団結して闘おうと主張していたテナントの主たちから、アドバイスめいた電話が次々に入るという報告を聞く日々。

「いまなら、立ち退き料を弾むと言っているんですから、この辺で手を打ったほうが」

飴《あめ》と鞭《むち》の日々である。電話のベルが鳴ると、跳び起きる夜が続いた。

代理人として弁護士をたてての交渉も続く。わたしの意向を汲《く》んで先方の代理人と話をしているはずの弁護士が、提示された金額に驚いて帰ってきた。

「正当論が通じる相手じゃないですよ、このあたりで……」。一体あなたは、どっち側で話をしているんだよ！　わたしは弁護士にもかっとする。

夕暮れになって電気がつくのは、ビルの中でクレヨンハウスだけという侘《わび》しさ。「出ろ」と言われても、いったいどこに「出る」というのか。

妙な電話が続き、誰も入れないはずのビルの地下の一角から、深夜に不審火がでた。

これ以上頑張ることはできないかもしれない。わたしたちは子どもの本の専門店だ。小さなお客さまに何かあったらどうしよう。スタッフが事故にあったら、どうするのか。

不審火が奇妙であったように、仕組まれる事故だってないとは言えない……。

無念だったが、わたしは負けたのだ。

正当な立ち退き料だけを受け取った。翌年の税金が増えただけ、だった記憶がある。理不尽に追い出されたのに、立ち退き料さえ残せない理不尽さにも泣いた年。

二〇一三年九月二十五日掲載

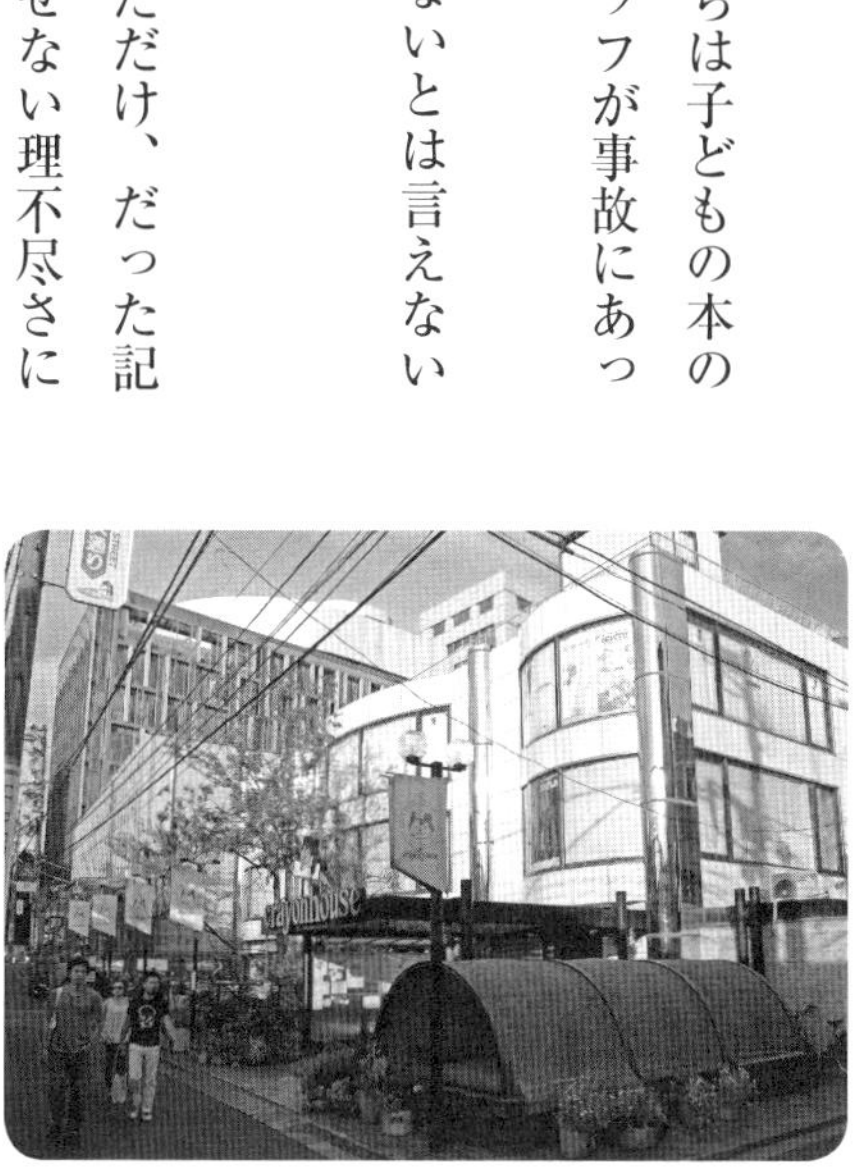

現在のクレヨンハウス＝東京・北青山で

抗う

この連載を始めてからエンドレステープのようにわたしの内で鳴り響いている「問い」がある。いつ、どこで、どのようにして、わたしはいまのわたしになったのか。そして、いまのわたしは、これからどこに向かおうとしているのか。そんな「問い」である。

自分についてだけではない、心惹《ひ》かれるひとに出会うと、必ずその「問い」がわたしの中で芽生えるのだ。このひとは、どのようにしてこのひと自身になったのか、と。

そうして、通常いうところの誕生日以外に、ひとはどれほどの密《ひそ》やかな「誕生日」を迎えるのだろうという「問い」もまた。この場合の「誕生日」とは、それぞれの「わたし」がそうありたいと望む自分により近づいていく転機となるきっかけのことである。転機は外側からやって来る場合もあれば、そうでない場合もある。どちらにせよ、自分で気づいて自分が動かない限り、意味を持たないのだから、すべての転機は内発的なものだとも言える。

＊

一九八六年。オープンから十年居たビルをクレヨンハウスは出ることになる。これもまた、わたしの何度目かの「誕生日」に当たる出来事だった。「地上げ屋」と、その背後に見え隠れする人きな力からの攻撃に屈することは、無性に腹立たしかった。しかし、抗《あらが》うことに、わたしは徐々に疲れていった。

仕事の旅先から、スタッフにかける電話。「変わりはない?」。誰も立ち入ることのできない地下で発生した小火《ボヤ》が、絶えず心にあった。「今日は大丈夫です」。受話器の向こうから、小声で返事をするスタッフの声に一瞬安堵《あんど》し、電話を切った途端、あの小声は傍らに誰かがいて、そう言わされているのではないか。また新たな不安にとらわれた。わたしの想像力は、悪いほうに悪いほうに、と引きずられていく。

結局わたしは、不当退去の圧力に屈してしまったのだ。あの日から二十七年がたったいまもわたしの中には、屈してしまった無念さと、自分への憤りは生きている。

二〇一三年九月二十六日掲載

新生

眠りの中まで恐怖と不安に追いかけられる日々はとにかく終わり、一九八六年、新しい初夏がきていた。

表参道の並木の欅《ケヤキ》が、空に若い緑色の繊細なレース模様を描く季節、クレヨンハウスは新しいビルに引っ越した。不当退去を強要されていた頃、表通りを一本裏手に入ったところに、建設中のビルを偶然に見つけたのだ。

地下一階、地上三階の明るいビルで、地下にテラスが見える。気に入ってしまった。

映像研究所が所有するビルで、中を幾つかに仕切って貸事務所にする計画があるという。研究所の代表は当時、六十代だったろうか。わたしは四十一歳。学徒動員の「生き残りです」と自己紹介された白髪の彼は、映像と絵との違いはあっても、絵本にはとても関心があると応えてくれた。穏やかな人柄だった。

決める、ここに決めた！　表参道沿いから裏手に入るロケーションは不安だったが、かえって静かで落ち着くかもしれない。「無謀な落合」、健在である。

そうと決めてしまえば、あとは準備をするだけ。何十本もある書棚、何万冊もある蔵書。キッチン用具。座り読み用のテーブル、什器《じゅうき》一式。引っ越しの挨拶《あいさつ》状の印刷等々。日々は滑り落ちるように過ぎていった。スタッフも力強く伴走してくれた。

そして五月。オープンしてから十年を迎えたクレヨンハウスは、新しいビルに引っ越した。これが、現在のクレヨンハウスがあるところだ。

正面玄関とは別に、通りから直接、地下のテラスに下りる階段をつけてもらった。

「ぼくが、やる!」

実際に階段を上り下りして、一段の高さを決めることに協力してくれたのは、常連の男の子だった。建築基準には決められた階段の高さがあるのだが、それはどう見ても子どもやお年寄りにはキツイ高さに思えてならない。「低くしたい」と譲りたくないわたしへの、彼は素敵な応援者だった。

二〇一三年九月二十七日掲載

クレヨンハウスにある
座り読み用のテーブル

ハルニレ

新しく生まれ変わるクレヨンハウス。地下のテラスに、一本の木がどうしても欲しくなった。記念樹であり、シンボルツリーをも意味していた。ハルニレにしよう、と決めた。大好きな絵本の一冊に、絵本作家であり写真家、ナチュラリストでもある姉崎一馬さんの『はるにれ』があった。北海道の原野にすっくと立つ一本のハルニレの木の、四季を追った写真絵本だ。

「カメラを据えて、定点観測のように撮り続けたんです」。姉崎さんはそうおっしゃっていた。

園芸の業者さんに頼んで、遠くから一本のハルニレを運んできてもらった。当時はビルの一階の窓のあたりに、ハルニレのてっぺんがくる高さだったが、二十七年がたったいまでは三階の窓のあたりまで成長してくれている。

一体、木の、あの孤高さはどこからくるのだろう。寡黙にして、確かな、いのちの営み。春には芽吹き、夏には木陰をつくり、秋には葉を散らし、冬にはチョコレート色の枝だけで、その存在を静かに語る……。『木はいいなあ』

というタイトルの絵本もあるが、まったくもって木はいいなあ、である。

時折り、この木の枝にお客さまからの結び文を見つけることがある。保護者に抱えあげられて、枝に結んだのか、平仮名だけの幼い文字で、「また、くるよ」。

引っ越した年のゴールデンウイークの最終日だったと思う。新しい結び文を見つけた。連休等には、遠方からのお客さまも多い。その誰かが枝に結んでいったんだろう。伸びやかな達筆で、次のように記されていた。

「お金は、こういう形で使うものなのですね。これからもクレヨンハウスを続けてください。応援します」。名前はなかった。

ところでわたしたちがハルニレと思い込んでいた木は……。

「これはアキニレですよ。ハルニレじゃありません」

そう教えてくれたのは、姉崎一馬さん、そのひとだった。

二〇一三年九月二十八日掲載

ちょっと待って

雑誌の取材で訊《き》かれたばかりだった。

「もう一度、ラジオをやりませんか?」

記者は、深夜放送を聴いて「育った」という青年だった。

無理だと思う。わたしは答えていた。ラジオを離れて、十年近くがたっていた。番組の語り手として、やり残したことはさほどないだろう。あるとすれば、制作者として番組にかかわることかもしれないが。

そんな折りも折り、古巣の文化放送の友人たちから新しく立ち上げる番組の相談を受けた。女性たちだけで制作したいという。

そう呼ばれたご本人たちは眉をしかめていたが、「マドンナ旋風」が吹き荒れていた頃である。退社してからもつきあいが続く友人も、社会派と言われていた女性もディレクターとして参画するという。

「テーマの選定や情報提供、選曲ならかかわれると思うけど」。打ち合わせに出席(といっても、集合場所はクレヨンハウスだったが)した。メインのキャスターの候補も次々に提案した。電話やファクスのやりとりが続いた。数社のクライアントも決まって、いよいよ本格的に動きだす時期が迫っていた。

「メインのキャスターが決まらない！」。深夜の電話が伝えてきた。

「クレヨンハウスは引っ越したばかりで、いま大事な時期だし……」

新しいビルに引っ越してスタッフも増えていた。月刊の育児雑誌『クーヨン』の発行もはじまった。編集者として出版にかかわりたいという思いも日に日にふくらんでいる。オリジナルな絵本を刊行し、新しい作家に機会をつくりたい。絶版になってしまった本を復活させたい。これからは、縁の下の仕事をしたい……。

最終的に制作にもかかわるという条件で、一時間の生番組を引き受けていた。タイトルは『ちょっと待ってMONDAY』。日曜の夜九時半スタートの生放送だった。月曜を意味するMONDAYにはMAN DAY「男性優位の日々」が掛けてある。

インタビューでラジオはやらないと答えた青年には、すぐに詫《わ》びの電話をした。

「聴きますよ、がんばってください、厳しい聴取者になります」

励ましてくれた彼の声音を、いまも忘れていない。

二〇一三年九月三十日掲載

感謝

日曜の夜の二時間の生放送、『ちょっと待ってMONDAY』は、幾つかのコーナーで成立していた。社会的な内外のニュースを検証するコーナー。ゲストとのコーナー。新刊、既刊にかかわらず、好きな書籍を紹介するコーナー等々。

第一回の放送の最初の挨拶《あいさつ》は、愛読書の一冊、カレル・チャペックの『園芸家12カ月』（中央公論新社・小松太郎訳）の一節から入った。……円熟した秋の花は、幼い春の、そわそわした一時的の衝動にくらべると、咲き方がはるかに力強くて、情熱的だ！……。

そう。かつて同僚だった彼女たちも、わたし自身も、チェコの国民的作家と言われるチャペックいうところの、「秋の花」になりつつあった。

「わたしたち、花って言うより、サボテンの棘《とげ》ってところかも」

ジョークを飛ばしあいながらも、互いに緊張しているのがわかる。

腕時計を外し、靴を脱ぎすてる、というかつての生放送のときの癖がわたしに戻ってきた。

最初のゲストは、いまは亡き筑紫哲也さんだった。日曜の夜の生番組であるのに、先輩たちが出演してくださった。野坂昭如さんは何度も来てくださって、ゲストのコーナーが終了しても番組が終わるまでつきあってくださった。土井たか子さん、加賀乙彦さん、吉田拓郎さん。

「そんなこと、頼めない。プロに失礼だよ」と尻込みするわたしを制して、「生で歌っていただけますか?」。タフな女性ディレクターは頼んでいた。ギターを弾いて歌ってくれた拓郎さん。

何度も来てくださったのが、現在「さようなら原発1000万人アクション」で呼びかけ人をご一緒させていただいている作家の澤地久枝さんだった。番組の中で何度も繰り返された「憲法を生活化すること」は、現在、より切実なテーマとして、いまここにある。

セクシュアル・ハラスメントやセカンド・レイプについてはすでに書いてはいたが、音声として語ったのはこの番組がはじめてだったかもしれない。

二〇一三年十月一日掲載

学習会から

「知らなかった、知らされなかった、知ろうとしなかったわたしたちが、ここにいる。それらすべてを丸ごと背負って、わたしたちは、いま、ここから、再びのはじめの一歩を踏みださなくてはならない……」

福島第一原発の事故の後、チェルノブイリの事故の後と同じように、クレヨンハウスで原発についての学習会を毎月、開いてきた。すでに四十回になる。その学習会での講師の話をもとに、ブックレットを創刊するにあたって書いたのが、前掲の言葉だ。それは、二十七年前のチェルノブイリの原発事故のときに、わたしがどこかで書いたか語ったかした言葉だと教えてくださったのは、チェルノブイリ原発事故の直後に、『まだ、まにあうのなら』（地湧社刊）を出版された甘蔗珠恵子《かんしゃたえこ》さんだった。

創刊の言葉は次のように続く。「あの時も『そう』考えていたのだ。それにもかかわらず、『ここまで』きてしまった。わたしたちはすでに知っている。決して事故を起こさない機械はなく、老朽化も含めて、原子力発電所がひとたび事故を起こしたら『どう』なるのかも。

自然への畏敬を忘れ、この地震大国に五四基もの原子力発電所をつくってしまった責任は、ほかでもないわたしたち大人にある。わたしたち大人の愚かな選択のために、子どもたちは、原子力発電の被害者として生まれて、生きていく社会になってしまった……」

チェルノブイリの事故の後、高木仁三郎さんらを講師にお迎えして、原発についての学習会を開き、ささやかながら反対の運動もしたのだった。しかし、少なくともわたしは、どこかで緩んでしまったことを認めざるを得ない。

「ほかにやることがいっぱいあって、という言いわけが子どもたちに通るわけがない。責任はきわめて大きい。その反省から、このブックレットを創刊する。この小さなメディアをつくりつづけながら、『あなた』と柔らかくつながり、共に勉強していこうと思う。もう、知らないとは、知らされなかったとは、知ろうとしなかったとは決して言えない」

二〇一三年十月二日掲載

霞が関でプルトニウム反対のハンストをする高木仁三郎さん＝ 1993 年

七世代先の

穏やかな午後。

クレヨンハウスの地下のテラスで、ダイアン・モントーヤさんとわたしはテーブルをはさんで向かい合っていた。

ストレートな黒髪、黒い瞳をしたネーティィブ・アメリカンの彼女は、よく響くアルトで話しはじめた。

「わたしたちは、いつだって、七世代先の子どもたちのことを考えなさい、と祖父母から言い聞かされてきました。何かを選択したり決定するときは、特に。それが現在のわたしたちにどんなに便利で得なことだと思えたとしても、七世代先の子どもたちの負の遺産となるようなことやものは、決して選んではならない……。そう教わってきたのです」

正確な記憶ではないが、彼女はそんな風に語った。

ハリウッド製の西部劇等で、彼女の祖父母にあたるひとたちがどんな風に描かれてきたかをわたしは知っている。善良な白人の平和を破壊する、粗暴で攻撃的な「インディアン」。彼女の祖父母の世代に振り分けられるのは、そんな役割が多かった。

もともと米大陸に住み、自然と共に暮らしていたのは、彼女たちの祖先であったはずだ。その先住民を追いやったのが白人で、その白人は彼女たちの先祖をゲットーに隔離したり、同化政策を強要してきた。

「わたしたちの祖先は、ひととして恥ずかしいこと、わたしたち子孫にやらせたくないことも伝えてくれました。たとえば、より多くを手に入れるために、ほかのひとをかき分けて行列の先頭に立とうとすること」。そしてそこで得たものを、独り占めすることも、ひととして恥ずかしいと彼女たちは教えられてきたという。

この日のことを、ダイアンの言葉を、いったい何度かみしめながら生きてきたことか。現在もそうだ。福島第一原発や、多くの原子力発電所を、七世代先まで考えて決めていたら……。食品添加物も遺伝子組み換えも、オスプレイの導入も。

わたしの中に住みついた彼女の言葉は、その後のわたしを、わたしにしていく。

二〇一三年十月三日掲載

高濃度汚染水漏れなど、事故が続く東京電力福島第一原発＝本社ヘリ「おおづる」から

証人

「お母さん。大事な話があるの。目を開けて聞いて。意見、聞かせて」

トイレに行く時しか、自室から出てこない母。どんなに拭き掃除をしても饐《す》えた匂いがとれなくなった母のその部屋で、わたしは言った。その夜も眉間に縦じわを刻み、きつく目蓋《まぶた》を閉じた母がいた。そこらじゅうが、家の外も内も「ばい菌だらけ」と言い張る、いつもの母だった。

入浴はひと騒動だ。風呂に入ろうと母を説得するのに三十分。遠くはない浴室に辿《たど》りつく旅にも二十分は要しただろうか。母と娘の、夜毎《よごと》の遠い旅。

そして自分の部屋にいるときは、目を閉じているか、無言で天井を見ているかだった。母はここに居ながら、彼女のこころはどこか遠くを彷徨《さまよ》っているようだった。

「わたし、婚外子差別の裁判の、原告側の証人を依頼されてるの。住民票の続き柄の差別記載で提訴している原告の女性から」

母のこころをノックしたのは、住民票という言葉なのか、差別という表現なのか。母の目蓋が微《かす》かに、けれど確かに動いたことにわたしは気づいた。

次の瞬間、母は目を開けて真っ直《す》ぐにわたしを見た。

「あなたがそうしたければ、そうすればいいよ」

「証言するとき、お母さんのこともいろいろ訊《き》かれるかもしれないけれど」

「そうすることで、どんなにわずかでも差別の扉が開けばいいじゃないの。

たとえ今度はだめでも挑戦する価値があることだと思うよ」

こんなに長いセンテンスを母が唇にのせるのは、いつ以来のことだろう。

高裁に向かうその朝、母は言った。

「大事な日なんだから、あなたがいちばん気に入っている服を着てお行き」

そして母は笑った。いったい、いつ以来のことだろう。

あの日から、二十年。この秋、最高裁大法廷は婚外子の相続差別を違憲と
決定した。母が知ったら、いったい何と言っただろう。

二〇一三年十月四日掲載

介護が始まる頃

バースがきた

ベージュ色の毛糸玉のような子犬がやって来た。生後四十日のゴールデンレトリバーの子犬だった。うっとりするほど愛らしかった。

大型の犬と駆け回れるのは、年齢的にいまがリミットだろう。けれど、母の「汚い」がぶり返すことはないか、とても不安だった。

三十代は犬がいないまま、過ぎてしまった。四十代に入ったわたしの誕生日にやって来た子犬は、バースデーからとって、「バース」と名づけられた。

「汚い」。やはり母の眉間のしわが深くなった。

ある夜、バースとの遅い散歩から戻ると、玄関口に母が立っていた。

「バースの足をきれいに拭いてから、家の中に入れてね。肉球のところは特に丁寧にね」

「了解！」と答えて、次の瞬間、わたしは目を見張った。

自分の部屋にこもって一日のほとんどを過ごす母が、バースの足裏を拭くタオルを手にそこに立っていたのだ。

気がつくと、転げるように走り寄っていくバースの耳の後ろを指先でかいてやっている母がいた。いつの間に？

「汚い」とは言いながら、母の内部で、何かが急速に変わりつつあることをわたしは思い知らされていた。

家の外も内もばい菌だらけと言って、外に出なかった母だったが、「ね、見て」。唇に人さし指を立てた、叔母のしーちゃんの言葉に二階から見下ろすと、紫紺野牡丹《しこんのぼたん》がくっきりとした紫の花をつける私道に、バースが腹這《はらば》っていた。その隣に、古くなった入浴用の椅子を置いて、ちょこんと座っているのは母だった。

「どっちがどっちを見守っているのかしら」

母の回復には、何かきっかけがあったのだろうか。自然にゆっくりと薄紙が剝《は》がれていったのだろうか。その頃にあった母にとっての大事件といえば、わたしの父親に当たるひとが亡くなった……ということだった。

二〇一三年十月五日掲載

筆者の誕生日にやって来た子犬「バース」＝1991年1月

彼❶

わたしが初めて、父に当たるひとと会ったのは、幾つの時だったろうか。

すっと素直に、いまもって「父」とは書けない自分に苦笑するしかないが、わたしにとって彼はやはり彼であり、母が愛したひと、という位置づけがもっとも自然なかたちであるようだ。

はじめて会った時のことは覚えていないし、十代で一度か二度、成人式を迎えた年にも会ったことがあったかもしれない。どちらにしても、はっきりとした記憶はない。

一度も一緒に暮らしたことのないひとを「父」と呼ぶことには、正直ためらいがあった。それに彼には別に家庭があったのだ。そのことを知ったのがいつだったかも、はっきりとは覚えていない。

彼がクレヨンハウスに一度だけ遊びに来たことがある。

わたしは、どんな会話を交わしていいのかわからなかったから、コーヒーを飲んで、手作りの大ぶりなケーキをただただ頬張っていた。

彼も同じだった。そうするしかなかったに違いない。そこに悲劇的味つけは全くなく、むしろコメディーに近い光景である。

何年ぶりかに会った父親に当たる男性と、娘に当たるわたしのふたりが黙々とケーキを頬張ることによって、会話を避けているのだから。彼とわたしが共有したギクシャクとした不器用な時空。

「なかなかいい味だ」

確か彼はそんな風に言って、それからまたゆっくりとケーキと対決していた。

わたしはわたしのためではなく、そうすることが母へのささやかな贈り物に思えて、彼に会ったのだ。

そして焦っていた。彼を前にしても、こころのどこにも、どんな小さな波立ちを見つけることのできない自分に。きわめて冷静な自身に。

もう少し感情の波立ちがあってもいいはずなのに。結局、わたしたちはケーキを食べ、コーヒーを二杯飲んで別れた。

修羅場とも愁嘆場とも無縁な、秋の夕暮れだった。

二〇一三年十月七日日掲載

「あのひとは、母が愛し続けたひとなのだ。母の最初で最後のひとなのだ」

母が愛したひと、あるいは、わたしの父に当たるひとを、父とは呼ばず、上野駅まで車で送った夕暮れがある。東北・上越新幹線がまだ東京駅まで乗り入れていない頃だった。

仕立てのいいスーツを着たそのひとが新幹線の車内に入り、発車するまで、わたしはホームに立っていた。数年前に会ったときよりも老いて見えた。だからそうしただけのこと。

新幹線の席に座ってから、彼はもう行っていいとでもいうように、何度かわたしに手を振ってくれた。

こうして母も、彼を見送ったことがあったのだろうか。自分の家庭へと帰っていく彼を。長い間わたしは、母を被害性をもった女だと位置づけてきた。しかし母自身も、別の面から見るなら、加害の女ではなかったか、と思うことがある。彼の帰りを待つ、もうひとりのひとにとっては。

秋の早い夕暮れの中を家路に急ぎながら、わたしは自問自答していた。

……わたしは母を愛している。愛している母が愛したひとなのだから、だから、わたしにも彼を愛せというのか？

誰もそんなことはわたしに強要してはいない。にもかかわらず、わたしはわたしに訊《き》いていた。

彼を愛せるだろうか。

「元気だったよ」

帰宅して母にそう告げた。主語はなくとも、それで通じた。そうなのだ、母のために、わたしは彼に会っていたのだ。

結局わたしは、彼を「おとうさん」と呼ぶことはなかった。むしろ、彼を受け入れたといってもいいのは、介護の初期、母が言った次の言葉によってだった。

「わたしはあのひとがほんとうに大好きだった」。そういうことを、すっと言ってみせる母だった。「欲しくて、欲しくて、あなたを生んだんだよ」と言った時のように。無口な母が、ごくたまに見せる芯のようなもの。それに、わたしは惚《ほ》れてきた。母が好きなら、いいか……。それが彼への、わたしの立ち位置となった。

二〇一三年十月八日掲載

彼の死

父に当たるひと、としか呼べないことがなんだか申し訳ないが、彼が亡くなったと知らせてくれたのは、ひとりの園長先生だった。

それより以前、この園の創立記念日に講演を依頼された。式典が始まる前の控室で、渋い顔をした六十代の女性を園長だと紹介されていた。なんだか妙にそっけない。記念日で緊張しているのだろうかと思った。

……それぞれの子どもから見るなら、それぞれの大人はもうひとつの環境問題とも言えるでしょう。どんな大人が身近にいるかで、その子の子ども時代は大きく変わるのですから……。そんな話をしたように憶《おぼ》えている。

すべてが終わって、最寄りの駅まで送っていくと言って聞かない園長が、道すがら、ぽつりと言った。

「あなたのお父さまと、わたしは親類なんです」

「ええっ？」

突然そんなこと言われてもなあ。

「あなたが生まれた時、ああ、これでこの世にせつない子どもがまたひとり増えたのだ、と胸が痛かったけれど……。立派に成長されて」

立派に成長、と言われてもなあ。

以来おつきあいが始まった彼女から、「彼」が亡くなったという電話があったのだ。いつだって、その報《しら》せは不意にやってくる。わたしには、そんな覚悟が身についていた。

「お通夜か告別式に行くなら、わたしもご一緒します。お母さまはお別れがしたいでしょう」

母の返事は、否だった。予想できた返事だった。たぶん、母はひとりで見送りたいのだ。ひとりで彼に別れを告げたいに違いない。そして、その告別は、母にとって彼を永遠に自分の内側に取り込む儀式なのかもしれない。母の選択を、わたしはそのように解釈した。

その夜、母の部屋の明かりは、いつまでも消えなかった。

二〇一三年十月九日掲載

お帰りなさい

「いつも花を楽しませていただいて……」

通りすがりの誰かのそんな声に母が応じる声が、二階の小さな書斎でワープロに向かうわたしに聞こえてくる。

煉瓦《れんが》敷きの長く細い私道の両側に沿うようにして、土の空間がある。そこを季節の花で埋めようと提案し、実行しはじめたのはわたしだった。それに母が加わるようになったのは、いつ頃からだろう。

何に触れても「汚い」と眉をひそめ、自室にこもっていた母の日々に明らかに変化が訪れていた。

母の症状に変化が訪れたのは、祖母の介護が始まった頃でもあった。自宅で、という祖母の切実な望みを実現しようと、母を中心に叔母たちがシフトを組んで介護にあたった。その祖母を見送ったのが、快晴の秋。そして、母がその一生をかけて愛した男性、わたしの父親に当たる彼も亡くなった。一生をかけて、などという大げさな言葉は使いたくないのだが、事実そうだった。そういった意味では、幸せな恋であったのだろう、と娘のわたしが思えるようになったのもその頃のこと。母の回復と、母にとってかけがえのないひと、ふたりの死は、どこかで繋《つな》がっているのかもしれない。そのひとの死をもって、そのひとを完全に自分の中に取り込む……。誰にも邪魔されることもなく、もうどこにも行かない、そのひとを心の奥で抱きしめる……。

紫色の花穂をつけたブルーサルビア。薄い桃色のニオイザクラ。茶花にもなるホトトギス等々。

「冬から春は、暖かな黄色やオレンジ色の花にしようね。夏から秋にかけては白と紫とピンクでまとめてみようか」

花の色合わせにも熱心な母である。風呂場で使って古くなった低い木製の椅子を庭におろし、そこに小さな母がかけて、その傍らに愛犬バースが穏やかに腹這《はらば》った午後。秋明菊《しゅうめいぎく》の蕾《つぼみ》に手を触れた母が、バースに何か語りかけている。

母に言葉が戻ってきた。笑いが戻ってきた。日常の暮らしそのものが、母に戻ってきた。そしてわたしには、母そのものが帰ってきたのだ。

二〇一三年十月十日掲載

自宅に咲く花とバース
＝1999年4月

書店経営

経営書をまったく読まなかったわけではない。収益率だ、増収率だ、原価率だという言葉が、頭を過《よぎ》らないわけではない。税理士さんから受けているアドバイスもあった。しかしどうも、どれもがピンと来ないのだ。

三十七年前に交わした、取り次ぎ（卸し）のトップとわたしの会話は、いま思い出しても笑ってしまう。

「返品はしません。大好きな本ばかりなので。買い取ります。ですから正味（粗利益）をよくしてもらえませんか？」

三十一歳のわたしは、勢い込んで言った。

「そんなことしたら、潰《つぶ》れるよ。売れない本は返品してくれていいんだ。委託制度が書店のシステムなんだから、それを充分に使わないと」

呆《あき》れた、といった表情をして、しかし丁寧にそのひとは言い、返品の作業所にも案内してくれた。全国の書店から返品された膨大な量の本を、そこではそれぞれの出版社に返す選別が行われていた。大勢のひとが黙々と働いていた。

「書店が買い取ったら、こんな作業をしなくてすみますよね？　本も傷まなくてすむし」。返品された本が、ちょっと乱暴に扱われていた。悲しい光景だった。

「仕入れた本がすべて売れるわけじゃないから、だから返品をしていいと」

「それは、仕入れがいい加減《かげん》だからじゃないんですか？」

「そんなこと言っても、書店がすべて読んで仕入れるなんて不可能でしょう？」

呆れながら、けれど彼は丁寧な口調を変えなかった。

「えっ？　読まないで仕入れをするんですか？」

三十七年前は、小さな店だった。書棚だって限られている。好きな本だけを並べて売りたいから、当然すべてに目を通していた。

そんな交渉に何度か出かけて、結局は取り次ぎの社長さんには一蹴され続けた。返品の作業に手間をかけない分、利益率を少しでもあげていただきたい、という申し出は、結局通ることはなかった。

二〇一三年十月十一日掲載

返品せず

「書店がすべて読んで仕入れるなんて不可能でしょう？」。取り次ぎのトップが言った、「不可能」という言葉が、わたしに火を点《つ》けた。「不可能」はわたしの場合、いつだってそんな作用をするのだ。

　取り次ぎが見計らいで送ってくる新刊委託は断った。クレヨンハウスにしてみれば、返品作業は無駄な仕事に思えた。第一、本そのものに失礼だ。六十坪になった現在の店でも、買い取りを原則としているから、いまも毎月「新刊会議」を開いている。スタッフそれぞれが、仕入れたい本、売りたい本について議論してから仕入れをする。当然、新刊本に目を通していなければ、会議にはならない。だから、スタッフは、熱く読んでくる。子どもの本の専門店なのだから、それぐらいはあたりまえのことだ。

　子どもの本屋は、ロングセラーの世界である。何代にもわたって子どもたちが読み継いできた本を、次の世代に手渡していく。現在クレヨンハウスは三十八年目に入るところだが、小さなバスケットを手に休日ごとに通ってきていた子が、いまは親となり、子どもと現れる。三世代にわたって来てくれる店に、お客さまに育ててもらってきたのだ。

買い切りなので、入荷してきた本はそのまま店頭に並んでいく。最近はほとんどスタッフ任せだが、時折り、わたしだったらこんなふうに書棚を作り、もっとポップ（紹介）を書きたい、という思いにかられる。開業とほとんど同時に発行しはじめた「クレヨンハウス通信」は、いまでも続いている。子どもの本屋が発行する、子どもの本の書評紙だ。巻頭は三十数年間、わたしが書いている。本について、政治について、むろん原発についても。

無謀の落合と仲間からは呼ばれる経営者は、時々、いや、しょっちゅう、スタッフに伝える。

「どこにもないから、うちでやろうよ。誰もやらないなら、わたしたちがやろう」。

わたしたち自身が、楽しんで仕事をしよう。そうしなければ、なにごとも広がらない。それだけが、わたしの経営論なのかもしれない。

二〇一三年十月十二日掲載

八百屋のある本屋

書店と一緒にオープンしたレストランの食材を、調味料からすべてオーガニックに変えたのは、二十一年前。この国の有機農業の夜明けとほぼ同じ頃だった。

「原価率をあげたら、値段の高いレストランにしなくちゃ」

誰もがそう言って、忠告してくれた。

確かにそうだが、しかしそう言われると、わたしの中の「無謀な血」が騒ぎだすのもいつものことだった。無謀でいい。どこの誰が、どうやって作ったかがよくわかる食材のレストランが、わたしは欲しかった。それも誰もが入りやすい値段のレストランを。

そのために、オーガニックの八百屋を始めることになってしまった！「有機農業を支援する八百屋のグループ」に出会ったからだ。チェルノブイリの原発の事故の時に「原発・反対」でがんばったグループで、有機の畑を全国に広げていた。当初はリヤカーで、引き売りから始めたというグループだった。

有機農産物をレストランに卸してもらいたい。そう交渉に行ったスタッフが戻ってきた。

「ダメです。レストランに直接卸すことはしない、と譲ってくれません」

「どうして?」

「有機の畑を広げる八百屋のために畑をやっているんだから、八百屋にしか卸さない。三年以上、無農薬無化学肥料の有機の畑で栽培している、と誇らしげに繰り返すだけで、がんとして譲らない」

「じゃあ、八百屋をやるしかないな」

わたしがそう言った時の、スタッフたちの顔をいまも覚えている。それを思い出すと、わたしはいまでも笑うことがある。あの時スタッフはある程度、覚悟して戻ってきたのではなかったか。あの落合のことだから、きっと八百屋をやるはめになる、と。クレヨンハウスのスタート時からのテーマ、「どこもやらないなら、うちでやろう」は、スタッフみんなに浸透し始めていた。

かくして、有機農産物の八百屋が誕生し、オーガニックレストラン『広場』が生まれた。一九九二年二月八日のことである。

二〇一三年十月十五日掲載

八百屋誕生

「子どもの本の専門店が、なぜ八百屋を?」

何かを始めると、決まって「なぜ?」がついてくる。なぜ?と思うようなことばかりを続けてきたのがクレヨンハウスであり、わたしであるのかもしれない。

三十七年前、クレヨンハウスをオープンした時もそうだったし、子どもの本の専門店という存在が少しずつ浸透し始めた頃に、女性の本の専門フロアを独立させた時もそうだった。

子どもの本の読者は、子どもから始まって年齢制限なし。女性の本も、当然ながら読者の性を選ばない。年齢やセクシュアリティ(性的特質)といったバリアー(障壁)から、心を解き放つフロアでもある。

木製の玩具や塗料を口に入れても安全な玩具を集めた「クーヨンマーケット」をスタートさせた時もそうだった。外からは次々に枝を広げていくように見えるかもしれない。しかしどれもが小さなユニット(単位)である。それぞれが、つながりあっている。そして根っこは「いのち」であり、「安全」である。原発の安全神話が揺るぎなく流布され続けていた当時、わたしたちは食をはじめ、本当の「安全」を求めていたのだ。

有機の八百屋をクレヨンハウスが増設した一九九二年は、「有機農産物及び特別栽培農産物に係る表示ガイドライン」が制定された年ではなかったか。「野菜市場」と名づけたわたしたちの八百屋から、農産物はもとより調味料に至るまですべて有機食材を仕入れて、オーガニックレストランは漸《ようや》く実現できた。

西は鹿児島県・徳之島、東は北海道と産地訪問に喜々として出かけて行ったスタッフたちは、各地で出会った生産者の意気込みと熱意を丸ごとお土産にして、帰ってくる。各地の生産者が次々に店に遊びに来て、自分が育てた野菜を前にしてお客さまと記念写真を撮っていく。

みな、つくづく、いい顔をしている。

「子どもの本屋に勤めたつもりが、八百屋になっちゃった。そのうちきっと、クレヨンハウスは農業もやってるよ」

スタッフが笑い合っていた。

二〇一三年十月十六日掲載

クレヨンハウスの八百屋

足踏みの時

「やってられんですよ！」

シェフが言った。オーガニックレストランをスタートさせて、まだ間もない頃だった。

「泥野菜など洗ったりしてられない」。確かに毎日、有機の野菜が泥つきで入荷してくるのだ。

「それに野菜が思うようにならない」。それも確かだった。有機の野菜は、天候に左右されやすく、虫の発生にも弱い。その日にならないと何が入ってくるかわからないこともあった。

「有機野菜はうまい」

それはわかっている。しかし、せっかく立てていたメニューを、その朝になって考え直さなくてはならない日がある。二十一年前、有機農家の技術も生産量もまだまだ不安定な幕開け期だった。そのシェフの退社を、認めるしかなかった。

それにしても、誰が、どこで、どうやって作っているかがわかる……。そのことがどれほど大事かは身に染みている。有機農産物はむろんそうだが、子どもの本も木のおもちゃも、オーガニック化粧品もオーガニックコットンのインナーやアウターも……。作り手も流通も、よく見えている。顔がわかって、何よりも、底流に信頼と共感と共に成長しようという約束がある。一緒に行こう、という肯《うなず》き合いがある。

福島第一原発の過酷な事故は、丹精込めた田畑をたちまち汚した。やむなく撤退せざるを得ない、有機農家のひとたちがどれほどいることか。一方で、その土地を離れられない農家もまた多い。深い悲しみと悔しさを考えると、暗然としてしまうわたしがいる。

「土から遠ざけられて、張りを失った。父ちゃんもばあちゃんも」。ため息まじりの、そんな声が届くたびにわたしは考えるのだ。

決して容易なことではなくとも、大きな土地を購入し、地域ごと移住をしてもらって、そこで有機農業を再び心おきなく始めることはできないか……と。

二〇一三年十月十七日掲載

なんと気前のいい母なのだろう。わたしは笑ってしまう。

取材旅行に出る朝、家のフェンスの両側に所狭しとかけられていた親子合作のハンギングバスケットを確認。ビオラやパンジー、スイートアリッサムを配した二十数個のそれらが、帰宅したら、ほとんど跡形もなく消えていた！

「褒めていただいて。欲しいとおっしゃる人がいたから」

だから、大ぶりなハンギングバスケットごと次々にあげてしまったのだという。

「また作り直すから、いいけどさ」と答えながら……。紫の濃淡のビオラと、白いアリッサム、アイビーを配したバスケットはわたしのお気に入りだったのに、と娘はちょっとケチなことを考える。

母は本当に気前が良かった。というか、周囲の欲求に誰よりも早く気づき、それを叶《かな》えるために全精力を傾けているようなところがあった。

自分自身も高齢者なのに、ご近所の少し年上のかたに、食事を届ける。代わりに買い物をする。郵便局に行く。庭掃除も肩代わりする。

もしかしたら、と思う。母はその人生で、自分が誰かにしてほしかったこと、けれど叶わなかったことをこうして誰かにすることで、自分の過去の埋め合わせをしているのではないだろうか……。

求めても求めても、弾《はじ》き返された世間という壁。ささやかでも、自分から差し出し、誰かの願いを叶えることで、彼女は、自分を弾き返した壁に、ある意味で復讐《ふくしゅう》しているのか。無意識の、優しい復讐。誰も傷つかないであろう復讐。誰からも感謝されるであろう、穏やかな復讐。

母が満たされるのなら、それでいい。しかし、母の本来の欲求は満たされないまま、その心の奥底にいまでも蹲《うずくま》り、時に疼《うず》き、実現を求めて叫んでいるのだとしたら……。自分がしてもらえなかったことを、他者に反射的に差し出す行為は、果たして健康的なことなのだろうか。

ハンギングバスケットがかかっていた空間が白く見える夜の中で、わたしが答えの出ない問いに、いつまでも摑《つか》まっていた晩秋があった。

二〇一三年十月十八日掲載

秋の後ろ姿

たとえ三日間であっても、旅に出ると、日々の景色は不思議な単純さを帯びる。日常の続きでありながら、いつもとは違うきわめてシンプルな感触をもって、風景も行き交う人も、私自身さえも風景の一部になる。

その日も、ラナンキュラスや変わり咲きの水仙の球根をお土産にして、帰京した。

母は小さな庭づくりに夢中になっていた。母に夢中になるものがあるのが、わたしには単純にうれしかった。

確かに母は夢中に生きてきたはずだ。が、必死さとは無縁の「夢中」を、もっと味わってほしかった。もっとたびたび、もっと長く。

「ツルべ落としって、なあに」

遠い昔、どこかで聞きかじってきたのか、そう訊《き》いた幼いわたし。郷里の家の裏庭、井戸のところまで連れて行って「釣瓶《つるべ》落とし」を実際に見せてくれた母を思いながら、その夕、わたしは家路を急いでいた。

と、その母が十数メートル先を歩いているではないか。普段着だったから、近くまでの買い物だろう。誕生日やクリスマスなどに娘からプレゼントした新しい服は、「もったいない、そのうちに」と言ってどこかにしまい込み、手を通すことのない母である。

母はまた少し前屈《まえかが》みになったようだ。歩幅もまた少し小さくなったようだ。相変わらず病院嫌いは続いていたが、今年中に健康診断に連れて行こう。長い間、その人生の同伴者だった神経症からようやく解放された母である。これからは、母自身のために生きてほしい。

「自分を後回しにするなんて、人生に失礼だよ、おかあさん」。後ろ姿に心の中で声をかけながら、距離をとったまま、わたしも歩幅を小さくして歩く。そうだ、年末の仕事を終えたら、母としーちゃんといっしょに、温泉にでも行こうか。トイレが近いことを気にして、最近では、しーちゃんの方が外に出たがらない。

娘五十二歳、母は七十四歳の釣瓶落としの夕暮れ。いまにして思えば、母の身体の内側ではすでに別の異変が起きつつあったのだ。

二〇一三年十月十九日掲載

仕事と運動体

クレヨンハウスは会社であり、当然利益をあげなくてはならない。表参道近くにある東京店、そして大阪・江坂にある大阪店、編集部等も含めると、現在百名近くのスタッフが働いてくれている。

それが、正直「重たい」と感じる一瞬はある。決して「細腕」ではなく、最近ではタルミを実感させてもらっているこの腕に、このいかり肩に、百人と、それぞれの家族の暮らしがかかっている……。それを考えると、眠れなくなる夜もたまにはある。

「わたしがこけたら、みな、こける」状態から、万が一「わたしがこけても、大丈夫」な会社にしなければ。そんな思いで、三十七年やってきた。大事なことは誰がやっているか、ではない。何をやっているかなのだ、と。

だが、来春の消費税増税を前にして、決して楽観はできない。このところ各地で同じように子どもの本屋を営む仲間から、先が見えないという悲鳴が聞こえてくる。

それでもこの十二月で三十八回目の誕生日を迎えることができるのは、思いを共有してくれるスタッフの頑張りと、なによりもすでに三代目に入ったお客さまがいてくれるからだ。

クレヨンハウスのあちこちには、たくさんのチラシや張り紙、ポップがある。有機食品のセールのチラシと並んで、「改憲反対」のチラシ。テラスのあちこち、クリスマス用の大きなリースに手を加え、真ん中に「NO NUKES」原発要らない、のメッセージ。わが世代には馴染《なじ》み深い「LOVE & PEACE」そんな看板も。

「商売として、あからさまに権力に異議申し立ての思想や姿勢を出すのはまずくない？」

そう言われることもある。六〇、七〇年代にはそういった店はあったが、確かに現在はあまりないのかもしれない。しかし、それらを消してまで、クレヨンハウスを続ける気持ちは、わたしにはない。

たとえひとりでもいい。有機食材のランチを頬張りながら、一冊の本を開きながら、動物実験をしない有機の化粧品を選びながら、いま、ここにある社会と時代に向かい合ってくれたなら……。

二〇一三年十月二十一日掲載

ある日、孤独と

毎年、元日には遺言書を書くことにしている。このことについては以前にもどこかに書いたことがあるが、クレヨンハウスをやっていなかったら、そんな習慣もなかったに違いない。きっかけを贈ってくれたのは、早くに亡くなった友人だった。

クレヨンハウスには、内部留保なんてほとんどない。代わりにと言っては変だけれど、大嫌いな生命保険にわたしは入っている。万が一、わたしに何かあったなら、スタッフがクレヨンハウスを続けるにせよ、残念ながら解散するにせよ、当面の暮らしに困らずに、次のステップにスムーズに移行するための資金である。

介護が始まったスタッフもいる。介護のために職場をしばらく離れていて、親を見送り、戻ってきた開店当初からのスタッフもいる。一方、子育て中のスタッフも育休中の若い女性もいる。癌《がん》の手術を受けたスタッフもいれば、神経科からの薬を飲んでいるスタッフもいる。小さな組織でも、現代の社会の縮図がそのままクレヨンハウスにもある。

思想や姿勢を強制することはしないから、反原発について、無関心であろうと思えるスタッフもいるし、シフトをやりくりして毎週金曜日の反原発・官邸前抗議行動に参加しているものも一方にはいる。それぞれの違いを含めて、かけがえのない彼女たちであり、彼らである。

わたしはたぶん厳しい代表だ。縁あって共に在るなら、いまここに在るもののすべてを吸収してもらいたいと思うからだ。しかし、反原発や反改憲となると、それぞれの温度差があり、時にどうにも越えられない壁を感じることもなくはない。

「クレヨンハウスにいたから、こういう意識を学ぶことができた」と言うスタッフもいれば、「よくわかんない」と内心首をかしげるものも。これも現実の社会と同じ。それらすべてのそれぞれを含めて、大事なスタッフである。「よくわかんない」ひとりを、ある日の集会で発見して、感激したこともある。

ともかく、そんなクレヨンハウスなのだ。わたしがわたしになってきたように、クレヨンハウスもクレヨンハウスになってきた。

二〇一三年十月二十二日掲載

首相官邸前の道路を埋め尽くし原発再稼働反対を訴える人たち。右上は国会議事堂。2012年6月29日

書店が消える

クレヨンハウスを始めた一九七六年当初、この国には三万五千店の書店があった。現在では一万五千店以下。三十七年間で、二万店もの書店が消え、現在も年間六百店が消えていると聞いている。

たとえば、子どもの本の専門店を貸店舗ではなく、自宅を改造して始めたとしても、書店は、本の卸である取り次ぎには一千万円以上の保証金を積まなければ、本を仕入れることができなかった。昨今は根担保といった不動産などの保証をしないと、口座を開いてくれないという話も伝わってくる。

子どもの本屋を始めたいというひとたちは、子どもが大好きで、大好きな子どもに大好きな本を手渡したいと思うひとたちが多い。絵本の読み聞かせや、紙芝居やパペットを通じて、子どもを喜ばせたい！　みな無謀な落合の隣人に近い、奇特なひとたちだ。その志は得難い。なんとか実現できないものか、書店仲間を増やしたい。

一方で、取り次ぎの考えもわからないではない。小さな店でも一万冊ぐらいはすぐに書棚に並ぶ。万が一、倒産されたら一千万円ぐらいの委託がパーになる。取り次ぎは、その保障のために保証金や根担保を確保しておきたいのだ。とはいえ、書店をやりたいひとは、一千万円があれば保証金よりも本の仕入れに回したいと考える。わたしもそう思った。

そこで、クレヨンハウスのオープン当時の思いが甦《よみがえ》ってきた。「委託ではなく、買い切りならどうだろう」。クレヨンハウスは取り次ぎこそ通しているが、委託ではなく、買い切りでやってきている。見計らいで送られてくる委託は断り、スタッフの真剣で熱い「新刊会議」で評価された本を仕入れる方式だ。

開店当初、口座を開いてくれた取り次ぎの社長とのやりとりのことは、すでに書いた。「買い取るので、利益率を上げていただけませんか？」

書店を始めたばかりの、わたしの異議申し立ては見事に一蹴されたけど、利益率30％の買い取りと20％の委託のことは、ずっと頭の中にあったのだ。

二〇一三年十月二十三日掲載

クレヨンハウス東京店で

またもや、無謀

当時、クレヨンハウスは絵本などの出版も始めた頃だった。作家と編集担当が熱い思いで制作し、取り次ぎを通して本を納品しても、取り次ぎからの集金金額がよくわからない。納品した分の金額よりも、はるかに少ない金額しか集金できないのだ。

「納品した分、すべてが売れるわけではない。どこかの書店の棚に在庫となっているかもしれない」

そう説明された。そりゃそうだよなー、と納得する。

「ドーンと返品されてきたら、どうなります？」

過払いになるから、市中在庫を加味した支払いしかできないというのが、取り次ぎの論理であるようだった。

これまた、そりゃそうだよなーと思う半面、困るんだよなー、という資金繰りの話になってくる。現に小さい出版社はみな、厳しい資金繰りに悩んでいた。

書店がみんな、完全買い切りになれば解決する悩みではないか？　しかし、買い切りができる書店がどれほどあるだろう？

一冊一冊、くまなく目を通している子どもの本の専門店なら、買い切りができるのではないか？　現にクレヨンハウスはそうしているのだから。うちにできるのだから、どこでもできるはず……。

ところが、そうはいかないのが世の常。スタッフによると、どこの取り次ぎでも引き受けてくれないのだという。

「子どもの本を手渡したい」というひとたちに立ちはだかる流通の壁。いつ入金されるか不明な、弱小出版社の苦しい資金繰り。どちらもが「壁」に悩まされていた。

大手の流通への反旗にもとられかねない卸業務だったが、①買い切ること②保証金なし③出版社には四十五日後に全額支払い。そんな条件で納得してくれる出版社と子どもの本の書店をつなぐ卸業を徐々にスタートさせていった。

「誰もやらないなら、わたしたちがやるしかない」

思いが先行する、いつもの落合の無謀である。

二〇一三年十月二十四日掲載

絵本の時間

こうして立ち上げた『子どもの文化普及協会』という子会社には、いま新しいミッションがある。

書店が年間六百軒も閉店していったら、僅《わず》かな大型書店しか残らなくなる。書店のない町もできる。子どもの本を一冊買うために電車とバスを乗り継いで、大きな街まで出なければならない。

インターネットで買える時代だが、子どもと一緒に、あれこれ迷うことも楽しみながら一冊の絵本を選ぶことを大事にしたい。そこから、本との出会いは始まる。専門書店に限らず、そういった思いがあるひとが、絵本や幼年童話を売らないだろうか。子ども服屋、雑貨店、フードマーケット、玩具店……。どこでもいい。子ども連れで入りやすい近所の店で、子どもが本に触れることはできないか。おそるおそる始めた完全買い切り、保証金なし、という子どもの本の卸業も二十九年がたって、新しい課題、「異業種のひとにも、子どもの本を」にいま取り組んでいる。

そんなことがトライできるのも、絵本などの読まれかたが変わってきているからだ。

「絵本は、生まれてはじめて本というものに出会うもっとも小さなひとから、年齢制限なし。深くて豊かなメディアです」。毎週日曜の朝。NHKラジオで放送している『落合恵子の絵本の時間』（二〇一五年から土曜の朝に）での決まり文句である。選書はもとより、構成も選曲も任されているので、とても自然に放送ができる。この番組を通しても、絵本のファンに年齢制限はない、と実感させられている。

店頭でも同じだ。大人たちの絵本ファンが増えている。小さなグリーンの鉢植えを贈るように、ケーキやチョコレートを手渡すように、絵本を贈るひとがいる。

詩集や画集、写真集や図鑑。贈り手のセンスに驚く。

「この間、選んでもらった絵本、孫がとても喜んで。読んで読んで、で疲れちゃうけど」

そんなやりとりを聞くわたしの嬉《うれ》しさは、格別だ。

二〇一三年十月二十五日掲載

横領という恥ずかしい経験もした。原因のひとつは、わたしの緩さと甘さにあった。ささやかでも夢をひとつひとつ実現していく過程そのものに、当時のわたしは夢中だった。振り返ってみれば、自己嫌悪しかない。

警察には届けなかった。理由はいくつかある。男の家族のことがあった。さらに、男が自殺などしたらという、いささかの不安もあった。こんな時のわたしの想像力は、極端なほうへ極端なほうへと、雪崩を打つ。

「取引銀行を調べたほうがいい。そこに横領したもののいくばくかが残っているかもしれない」

弁護士の助言を受けて、銀行通いが始まった。こんなことを他のスタッフにさせるわけにはいかない。

届けていれば話は別だったが、どの銀行も法的な理由で丁重に断られた。断るほうが理にかなっている。しかし、ひとつの銀行の対応だけが違っていた。父親が出版業をしていたという支店長はいつも「志を大事に」と応援してくれていた。

担当の行員も、「悔しいですね」と唇を噛《か》んだ。けれど、答えは他行と同じだった。まず支店長が先に部屋を出ていった。残った担当の彼が、スチールの机の上に小さく折り畳んだ紙切れを滑らせ、席を外した。何だろう？

折り畳んだ紙片を開くと、数字が並んでいた。その数字が、男がその銀行に開設していた通帳の番号だとわかった時は、全身が震えた。支店長の指示なのか。彼の一存なのか。銀行としては、してはならないことを、敢《あ》えてしてくれたのだ。

横領された一部でしかなかったが、男はその通帳にあった全額を返却してきた。それでよしとしよう。こういう組織をつくってしまったのは、わたしだった。

「いつか、大金持ちになって、この銀行にトーンと預金をしよう」。そう心に誓ったが、この誓いはまだ果たされていない。が、支店長とこの銀行員との出会いは、いまでもわたしの中で一点、光り輝いていてくれている。

二〇一三年十月二十六日掲載

万華鏡

一本の万華鏡が、仕事机の片隅に置いてある。西欧のどこかの街の、古い地図を表面に張りつけたものだ。時々筒の一端から覗《のぞ》きこみ、回してゆっくりと角度を変え、万華鏡の中の変わる景色を楽しんだりする。

現在から逆照射する過去もまた、万華鏡の中の景色に似ているのかもしれない。光の当てかたで、姿を変える。少し角度を変えただけで、その時点では悲劇的に思えた出来事が喜劇的色合いを帯びる場合もある。決して越えることはできないと思えた崖を、思いのほか容易に飛び越えられた場合もあれば、平坦《へいたん》な地で転ぶこともあった。

暮らしていく上で起きる様々《さまざま》なことの半分は、悲劇や喜劇と明確に区分けできるものではなく、その中間の幾重にもある淡いグラデーションの上に成り立つものかもしれない。

「この道」の連載も今日で百十七回目になった。少々前のめり気味にノンストップの旅をしてきてしまったかもしれない。

……かつてわたしは、人生は長編小説だと感じていた。しかし六十八歳になったいまは、短編小説のように思える……。旅先から送った雑誌の連載原稿にそんな一節を書いたのは、今年の夏の終わり。わずか数か月ほど前のことだが、しかしいまは短編どころか、はるかに短い詩の一節のようにも思える。人生を長編小説のように感じたのは、いつの年代までだったろうか。線引きは難しい。

しかし、本紙に数年間連載した母の介護についてのエッセイ『母に歌う子守唄……わたしの介護日誌』を書いていた頃、わたしは人生をまだ長編小説のように思っていたのではないか。介護が必要となっても、とにかく母が「ここにいる」ということ。それが娘の人生を「長編」と感じさせたのかもしれない。

その母を見送って七度目の秋。母が逝き、次はわたしの番だと当然のように思うせいなのか。過ぎた自分の日々が見える万華鏡がここにあったとしても、果たして覗くだろうか。過去は過去であり、塗り替えることはできない。「今度生まれてきたら？」と問われたとしても、「きっとまたこの道しかない」と答えるのではないか。

二〇一三年十月二十八日掲載

暮らし ☆ 2005年（平成17年）3月6日（日曜日）

母に歌う子守唄

落合恵子

わたしの介護日誌

今日は一日、家での仕事。

「お母さん、今日はたっぷりそばにいるからね」と声をかけると、あらかたの言葉を失った母がそれでも、「そうお？」と語尾をあげ気味に返事をしてくれる。

「嬉しい？　わたし、嬉しい」

母からの言葉を少しでも長く、多くしたくて、わたしはしつこい娘になる。

窓越しの明るい日差しの中、車椅子に座って肩かけと膝かけをした母は、おくるみの中の赤ちゃんのよう。「爪を切ろうね」。二十日ほど前に切ったが、ずいぶん伸びている。それが八十一歳の母の生命力を映しているように思えて、嬉しい。

母が介護を必要とするようになって五年。その間に、「嬉しい」とか「悲しい」といった極めてシンプルな感情とわたしは再会をし続けている。以前はもっと複雑で屈折した感情生活を送っていたようだが。

爪に桃

母の手をとって、爪を切る。こんなに彼女の指は長く、細かったろうか。こんなに手は薄かったろうか。そして、こんなに

本紙に連載したエッセイ
「母に歌う子守唄」

若い父親から

あと数か月で六十九歳になる。わたし自身の「この道」は何歳まで続くのか。この連載のおかげで、わたしはわたしの人生を振り返ることができたような気がする。笹藪《ささやぶ》や深い雪道をラッセルして進むのに懸命だった感があるいままでだから、貴重な時間をいただいたと感謝している。この連載の話をいただいた時、「えーっ、まだ早いんじゃない?」と尻込みをしたのだが……。

多くのスタッフとの出会いや別れ。お客さまも同じだ。と書いて、あのひとはどうされているのだろうと思いだした、ひとりの若い父親がいる。

北海道の札幌から単身赴任で東京に来ていたひとだった。毎月、絵本を一冊ずつ幼い娘さんに選んで送っていた。確か二年近く、続いたはずだ。彼の存在は、若いスタッフたちには「あんな結婚なら、してみたい」と作用したように思う。

「先月のあの絵本、娘は気に入って、読んで読んでと、毎日、妻のところに抱えてくるそうで」

彼のそんな報告が、本選びを手伝うスタッフの励みになった。そして、毎月絵本を送るブッククラブをつくろうという提案につながった。ある日のスタッフのミーティングである。

「わたしはいやだな。この本読んだら、次はあの本、と準備されちゃうなんて。もっと自由に読みたい」

「でも、自由に選んでいいはずなのに、たいてい店に来て迷うじゃない？自由って、ある意味、とても難しい」

「子どもやお孫さんのための、たった一冊を探すことのお手伝いするのって、わたしは好きだな」

そんな侃々《かんかん》諤々《がくがく》を経て、生まれたのが、いまも続くブッククラブ『クレヨンハウス絵本の本棚』。現在ではクレヨンハウスのビジネスのひとつに育って支えてくれるまでになったが、このきっかけをくれたあの若い父親は、いまは膝にのせたお孫さんに、絵本を読んでいるだろう。今年もそろそろ来年度版のカタログを作る季節になっている。

二〇一三年十月二十九日掲載

絵本が並ぶクレヨンハウスの本棚

沈黙。それは破るため

旅先で受けた二本の電話が、わたしに「さようなら原発1000万人アクション」の呼びかけ人のひとりになることを決意させた。電話をくれたおひとりは「よく考えてからでいい」と言ってくれたが、心はすでに決まっていた。いまやらないで、いつやるのか！

わたしは米国スリーマイル島の原発事故もチェルノブイリの事故も知っている世代だ。市民科学者・高木仁三郎さんにお願いしてクレヨンハウスでの学習会に来ていただいたことは以前にも書いた。デモにも出かけた。持ってる連載で、そのことを書いた。「ああ、ここにもあった」と、新しいエネルギーを考える本や反原発の本を次々に仕入れて店頭に並べた。

……原子力発電に。「原発的なすべて」の構造に。この、支配と被支配の構造に。子どもや、これから生まれてくる子どもの人生に思いを馳《は》せることなく、原発を進めてきたものたちに、わたしは怒る。

二〇一二年の秋に『てんつく怒髪……3・11、それからの日々』（岩波書店）を刊行した。タイトルの「怒髪」は、わたしの髪形から生まれたものだ。福島第一原発の事故があった直後から書き始めたブログからのもの、新聞に連載したもの、集会でのメッセージも収録した一冊だ。

インターネットやパソコンという機械に対して、まずは後ずさりするわたしだったが、週一や月一の連載で追いかけるには、時差があり過ぎる原発事故。「いま」をフォローするために、ブログを始めた。ブログのタイトルは、「Journal of Silent Spring」。レイチェル・カーソンの『沈黙の春』から借用させていただいた。

歴史を変えた一冊と呼ばれる『沈黙の春』をレイチェル・カーソンが著したのは一九六二年。農薬や化学物質の危険性を世界に先駆けて告発した書として、あまりにも有名だ。鳥たちが鳴かなくなった不気味な春を警告している。二〇一一年三月。五十年近く経《た》って、『沈黙の春』をわたしたちもまた迎えた。

沈黙とは、偽りのない言葉を発するための、事前の一瞬の時……。わたしはそう位置づけている。

二〇一三年十月三十日掲載

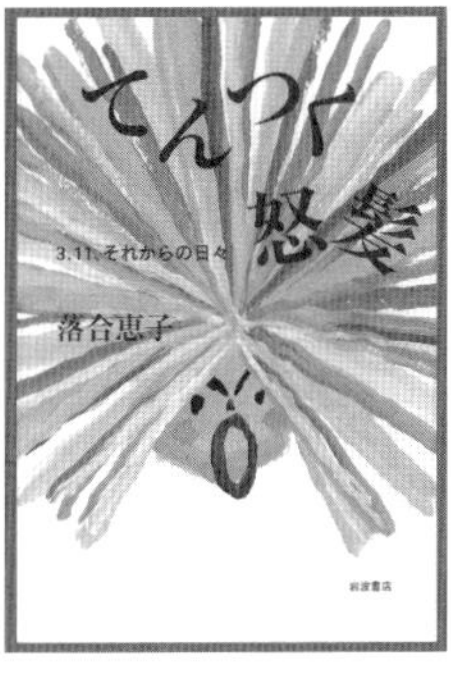

落とし前

チェルノブイリの原発事故から数年がたって、反原発の緊張感を持続できなかったのは、むしろわたしのほうだったのかもしれない。

自然食の八百屋のグループの反原発運動もいつしか下火になったということもある。店をやっていると、どうしても臆病になることが否めない。よくわかる。

新聞やテレビといった多くのメディアからも「チェルノブイリ」も「反原発」も潮が引くように消えていった時代がある。わたしもそうだった。忘れたわけではない。遺伝子組み換えに反対したり、改憲に反対したり、次から次へと油断できないことが起きてくる。この世はまるで「ガマンできないこと」で出来上がっているようだ。

だからといって、「反原発」を休んでいいわけはなかった。

その「落とし前」をいま、今度こそつけるのだ、と心に決めた。ためらう理由はない。

いや、ひとつだけあったのだ。クレヨンハウスのスタッフに、そのことをどう説明するか、である。そんなわたしのためらいを崩してくれたのは、二〇一一年当時、最も若い女性スタッフのひとりだった。次々に搬入される原発関係の本をしっかり読んで、ある日、泣かんばかりにしてやってきた。

「チェルノブイリの事故の時、わたし、生まれてなかったんです」。しっかり勉強したい、学習会をやりたい、と彼女は宣言するように言った。当初はスタッフのために、と考えていた学習会だったが、チェルノブイリ事故当時のかつての学習会を知っているお客さまから勉強会を求めるメールやファクス、電話がぽつぽつと入り始めていた。こうして福島第一原発の事故から二か月たった五月に、「原発とエネルギーを学ぶ朝の教室」はスタートした。

この十月で四十回目を迎える。朝九時スタートのこの会に遠くから参加されるひともいる。

「原発廃炉」が争点だと思っていた参院選二〇一三で、原発を推進してきた政党を大勝させた後も続けている。すべての、「廃炉を目指して！」である。

二〇一三年十月三十一日掲載

降りない

どんなに疲れても、どんなに行く手を塞《ふさ》がれても、わたしたちは人生から降りることはできない。

しかし二〇一一年三月。福島第一原発の事故直後に、出荷時期を逃したキャベツを残し自死されたのは、有機農業のパイオニア世代のおひとりだった。オーガニックに取り組む、わたしたちの仲間だった。

「老人はあしでまといになるから　私はお墓にひなんします　ごめんなさい」。そう書いて自死されたのは、九十三歳の女性だ。このことはすでに何度か報道されている。しかし、わたしたちは忘れやすい。

だから、繰り返してわたしはわたしに問う。忘れてはならない、と。そして、わたしには何ができるのかと。

まるで、忘れたいことを忘れる装置を体内に持っているのではないか……。週末の繁華街で盛り上がった人混みを見ると、ふっとそう思ってしまうが、彼らをも巻き込みたい。甘いよ、と言われるのは承知だが、話をしてみると、案外通じ合うのだ。

暮らすことは往々にして苦渋に満ちたものであり、誰もが未決の難題を抱えながら今日を明日に繋《つな》いでいるのだと思う。わたしもそのひとりだ……。拙著『てんつく怒髪』の後書きにわたしはそう書いた。文章は次のように続く。

……しかし、未決のまま目を逸《そ》らし、放置してはならないものも、社会には、人生には、いのちにはある。その象徴が原発である。原発は原発そのものが、いのちへの加害である。同時にわたしたちは、この社会に根付いた「原発的体質」(癒着、隠ぺい、欺まん、民意への裏切り)も問い続けたい。「原子力ムラ」に象徴されるものは、あちこちに在る。それをわたしたちはいま、「生き方」から問い直しているのだ。(略)それは、「わたし」から始まる、「ひとり」から始まるテーマである。(略)大事なのは体験そのものではない。その体験から何を引き出し、何を引き受け、何を「自分のもの」としたかであるだろう。(略)持続する怒りを温めて、丁寧に暮らしていこう……。

二〇一三年十一月一日掲載

丁寧に怒る

特定秘密保護法案の審議。国会の「ねじれ」が消えてしまった現在では、反対の声も虚《むな》しく通ってしまうのか。「ねじれ」は民意を掬《すく》い上げるための、完ぺきとは言えないまでも、大事な器だった。集団的自衛権、改憲、ＴＰＰ、沖縄……。失望、落胆することばかりが、わたしたちの目の前で揃《そろ》い踏みをしている。

それでも、わたしは持続する怒りを温め、丁寧に暮らしていきたい。それは自分との約束だ。丁寧に暮らす中で、暮らしを侵すものやことが見えてくる。憤ることを持続するためにも、今夜も空を見上げる一瞬を大事にしたい。

汚染水ではなく、「ヒバク水」と呼ぼうという読者からの投書が、東京・中日新聞の「発言」欄で紹介されていたが、福島第一原発の「汚染水」で被曝《ひばく》した六人の作業員のかたがた、その後、どうされたか。癌《がん》を多発し、労災を申し立てたもと作業員の男性の体調は、その後どうなったか。

この瞬間にも、福島第一原発は、「ヒバク水」を垂れ流している。止まってはいても、狭い国土にある五十四基の原発には、溢《あふ》れんばかりの使用済み核燃料が放置されている。

地震や津波、台風や流星落下といった天変地異に、原発そのものの老朽化に、ちょっとした人為的ミスでも、炉心溶融は起こり得る。そのことを福島第一原発の事故は教えてくれた。

西にある原発でひとたび事故が起これば、放射能に汚染された偏西風は、日本列島全土を覆う可能性がある。ひとはむろん、動物も田畑も山林も海も魚も汚染される。暮らしが破壊される。

現在、日本にある原発がすべて止まっているが、停電しているところがあるだろうか。停電しているところは、土石流や洪水が襲ったところだ。心が痛む。が、これもまた天変地異に人は勝てないことを教えてくれている。むろん原発を廃炉にするのは容易ではない。福島第一原発事故の未収束が、その難渋さが、容易でないことを伝えている。

二〇一三年十一月二日掲載

湯気の中で

けんちん汁やとん汁が恋しい季節になってきた。余り野菜を残さずに使えるのも嬉《うれ》しい。わが家には、祖母から三代にわたる大きな寸胴《ずんどう》鍋がある。この大鍋を使うと、わたしは友人を呼びたくなる。ひとりで食べるのはもったいない、と思うのだ。

切ない話をジョークにかえて、テーブルを沸かせるあのひと。つい出てしまった愚痴を急いでのみ込んで、最近出会った「ちょっといい話」に変えるひと。この社会と時代への異議申し立てを諦めないひと。クールな思考と、温かで寛大な他者へのデリカシーを持ち続けているひと……。そんな友人たちがそれぞれ湯気がたつ器を手に、語り合い、耳を傾け合い、味わい、笑い合う。

こういった食卓のある光景を、子どもたちにも重ねてほしいと、わたしは願う。この国の食事が、さらに貧しくなっていくようで、心配だ。工場で作られた弁当や惣菜《そうざい》を買ってきて食べる時代が加速していくことは、共感のない社会とどこかで直結しているような。食べものから見える、こんな社会を為政者の誰が気にしているだろう。

ＴＰＰ交渉が行われている。コメを自由化して、海外から買う。野菜もまた。食料自給率が下がっていくことを、どうして心配しないのだろう。軍事力ではなく、食料自給率をあげることを優先したい。食料の六割ほどを輸入に頼っていて、この国を「守っている」とは言えないのではないか。わたしの考える柔らかな「防衛力」と彼らのそれとは違う。工業製品が売れてたとえお金が入ってきたとしても、どこの国も食料を売ってくれない時代がきたら？

そんな時代を心配して、軍事力を高めて「戦争ができる国にしたい」、そして「食料を分捕ってくる」などと物騒なことを考えているわけではないだろうが。

どこの誰が、どうやって、どこで作っているかがわかる食事を、子どもたちには摂《と》ってほしい。

わたしたちが住むこの国が、食料の生産に適していないというなら話は別だ。が、降雨量に恵まれ、農産物を作るのに適した温度帯に暮らしながら、コメや野菜を海外から買う国にどうしてしたいのだろうか。

二〇一三年十一月五日掲載

いまここにある

インターネット上に「日本の借金時計」とか「リアルタイム財政赤字カウンター」というのがある。刻一刻と、一分ちょっとで一億円ずつ国の借金が増えていくのを報《しら》せる不気味なカウンターだ。

国の借金とは、「過去に発行した国債の残高」だそうだ。借金をつくったのは誰なのか? 政府の借金なのに、国民の借金であるかのように言い、一千兆円もあるのだから消費税増税しないとやっていけない、と思わせられているところがないだろうか? ホテルの偽装表示が問題になっているが、国の借金もまた、偽装表示のようなものだ。

律儀《りちぎ》な国民性は「子どもたちに借金を残していってはいけない」と考える。わたしもそのひとりだ。かつてのアルゼンチンやロシア、ギリシャのように、国が債務不履行に陥ってはいけないと、それが強迫観念のようにさえなっている。

正しくは、わたしたちが、借金をしない政府を選ばなければいけないのだ。

亡くなった井上ひさしさんからかつて、「地方を大事にするというなら、税金はすべて地方に納めたらどうだろう。そこから外交費などを国に払う」というアイデアを伺ったことがある。「お金は国からくる」からと、国におもねる地方政治があり、地方に配分「してやっている」という政府や官僚の意識がある。

わたしたちの社会が、一人ひとりから成り立つように、政治が手元からはじまっていく地方優先の発想は捨てがたい。それほど政治が、わたしたちの暮らしから遠くにあるように思えるのだ。

選挙結果や政治の行方に「こんなはずじゃなかった」と唖然《あぜん》とする。

二〇一三年七月の参院選の争点には「原発」「憲法改変」「TPP」「経済」「沖縄・オスプレイ」などいろいろある中で、現実には「東日本大震災の復興と、原発反対」が大きな争点になると思っていた。そのためにたくさんのグループができ、わたしも幾つかに参加した。結果は、ご存じの通り！である。国民は「経済」を争点第一に選び、デフレ脱却できるのは自民党しかないと、参院のねじれ解消までしてしまったのだ。これがわたしたちが望むことだったのか。

二〇一三年十一月六日掲載

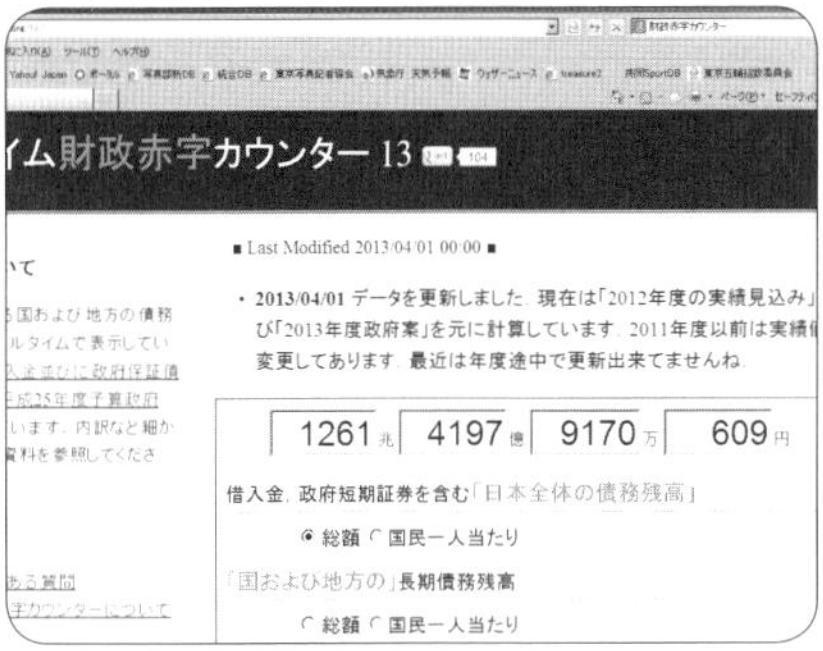

国の借金を伝えるネット上のカウンター（計算機）

怒髪の道

怒髪振り乱し、賢明とはほど遠いが、懸命には生きてきたと思う半面、わたしの中には場当たり的で怠惰なわたしがいることを、わたしは知っている。自分のことを書くのはとてつもなく恥ずかしいと感じるわたしがいる一方で、尾籠《びろう》なたとえで申し訳ないが、排泄《はいせつ》するのに似た快感があるのも事実だ。それらを露呈するだけで終わってしまったかもしれないこの連載も、あと二回。思いを書ききれそうもない。

たぶん明日もクレヨンハウスには、小さな子の泣き声や笑い声が響くだろう。この子たちそれぞれが幸せに「自分を生ききる」ことができる社会を残したいと、心から願う。そのために憲法を守り、原発をなくし、と当初書きはじめたのに、いま特定秘密保護法案という新たな不安に立ち向かわなければならなくなった。戦前の軍機保護法と同じではないか。権力側の情報が国民から遠ざかり、市民を監視して処罰できるような時代。こうしてかつても、気がついた時には「戦争になっていた」のか。秘密がないことを平和というのに。

被害妄想というなら、それでいい。被害は「妄想」で終わったほうがはるかにいいのだから。戦前の歴史に立ち会っているかのような胸騒ぎは、わたしひとりだけのものではないだろう。

こんな時こそ、「思考する」こと、「想像力を働かせる」こと、「歴史から学ぶ」ことが、わたしたちの砦《とりで》になるのではないか。この「砦」を明け渡してはならない。考えることをやめるのは、自分であることを放棄することなのだから。

新しい心配が生まれると、そのことに舵《かじ》を切る。舵を切った時、必ず積み残しが生じる。そうして、あの時、舵を切ってはいけなかったのだ、積み残しをつくってはいけなかったと、後悔をする。

一体わたしは何度そんな後悔をしてきただろう。しかし来年六十九歳になるわたしには、あの時こうすればよかった、と後悔する余裕はもうない。だからいま、可能な限り後悔しないですむ「この道」をゆく。

慎重に、そして果敢に思考し、選び歩く、と自分と約束する十一月。

二〇一三年十一月七日掲載

天使のハンマー

今年の七月、米国のフォーク歌手ピート・シーガーさんの妻、トシ・アーリン・オオタ・シーガーさんが亡くなった。

「米国人の母と日本人の父の間にドイツで生まれた。反ファシズム運動家の父の元で育ち……」と、ネットで調べることができる。彼女が共に暮らしたピート・シーガーさんには、ピーター・ポール＆マリーやトリニ・ロペスなどが歌ってヒットした『天使のハンマー』という曲がある。

♪もしわたしがハンマーを持っていたら、平和のために、それを朝に晩に使うだろう、と。

公民権運動にも環境保護、人権の活動にもコミットし続けた彼（現在九十四歳！）が作った曲には、『花はどこへ行った』やジョーン・バエズがヒットさせた『勝利を我等《われら》に We shall overcome』もある。

天使のハンマーが、わたしも欲しい。子どもや高齢者、その他社会の周辺に置かれてきた「声」たちを、朝に晩に、いや一日中ハンマーを振り回して、社会の真ん中に招き入れたいと思う。

「さようなら原発１０００万人アクション」の集会で、「ささやかながら反権力でやってきたが、いまわたしは権力が欲しい」と話したことがある。「天使のハンマー」が欲しいのだと、もっとロマンティックに言えばよかった。「権力」があれば、即時原発廃炉だろう。減反政策のせいで生まれた日本中の耕作放棄地を、福島の農民のものとするだろう。

　放射能が、そう簡単には除染されないからだし、長年農業をされてきた農業者の貴重な経験から学び、それを生かしたいからだ。

　暮らしそのものがもっと「農的」にならなければと、ずっと考えてきた。シュタイナーやモンテッソーリといった教育者は、農業をとても大事に考えていた。宮沢賢治もそうだ。種子を蒔《ま》いて育てることから、大切な多くを学ぶと彼らは説いている。芽を出し、緑の葉を広げる喜びに心震わせる時間が、人にはどれほど必要かを知っていたのだろう。

　今夜は『天使のハンマー』をかけて、歌って踊ることにした。たまには、そんな夜も必要、と言い訳しながら。

　ピート・シーガーさんは、二〇一四年一月二十七日に亡くなった。

二〇一三年十一月八日掲載

いまだ途上

仕事部屋の壁に、気に入った言葉を書き写したメモが貼ってある。本からの一節であったり、俳句や短歌、映画や芝居の台詞《せりふ》を書き写したものもある。少々気持ちが萎《な》えてしまった時など、それらを読み直し、「よーし」と低くうなるわたしがいる。

そのひとつに、米国の映画監督シドニー・ルメットの作品『評決』からの言葉がある。主演の酔いどれ弁護士に扮《ふん》したのは、ポール・ニューマン。アルコールに浸る彼のもとに、貧しい夫婦から相談が持ち込まれる。

医療過誤事件。巨大な組織力にものをいわせた相手方の隠ぺい工作、飴と鞭、虚偽の羅列、買収、寝返り。どこかで聞いたものばかりだ。

ほぼ勝ち目はないと思われるその法廷で、彼が陪審員たちに向かって述べた言葉は……。

「もし、正義を信じたいと願うなら、まずは自分自身を信頼し、正しく行動するのです。正義は誰の心にもあるのです」

正義は複雑で、かつ多面的でもある。それでもわたしたちが敢《あ》えて「正義」という言葉を使うとしたら、正義がよって立つ源は、子どもたちのいのちと未来だ。

原発の根っこは「核」であり、いのちや未来とは決して相容《あいい》れない。被ばくしながらも、福島第一原発の「いま」に取り組む作業員。故郷に帰れないひと、不安を抱きながら住み続けるひと……。

最近気になるのが、「勝たなければ」といった言葉の横行だ。子どもまでが言う。小さくても、遅くても、弱くても、輝いているものがたくさんある。美しいものはたくさんある。「強い日本」など、物騒でこわい。年間三万人も自殺者が出る国などおかしい。背伸びも従属もやめて、子どものいのちと未来から考える国づくりを、そろそろ始めないか。

これからもわたしは「この道」を時に鼻息荒く、時に青息吐息で歩いていくに違いない。リリアン・ヘルマン流に言うなら、幾つになっても、わたしは「未完」のわたしを生きていく。

長いあいだの、おつきあいに感謝します。ありがとう！

二〇一三年十一月九日掲載

後書きにかえて

いつ、どこで、どのようにして、
そのひとは、そのひと自身になったのか。
そして、そのひとはこれからどんな自分をつくっていくのか。
ひとに会うたび、そしてわたし自身の「これまで」と「いま」と「これから」を思うたびに、そのことが気になる。
東京・中日新聞の夕刊に長い間、
連載されている大勢のかたがたの『この道』を
前掲のテーマを軸にわたしは愛読してきた。
本書は、二〇一三年六月から十一月まで、同連載に書いたもの、
また記事のタイミングで未掲載にしたものも含めて、まとめた。

いつ、どこで、どのようにして、わたしはわたしになったのか。

それは当然、未完の旅であり、いのちある限りこの旅は続く。

大勢の読者のかたがたからいただいた手紙やファックス、メールに励まされて、なんとか長丁場を終えたいまは、これからわたしけどんな風にわたし自身の道を歩んでいくのか、という新しいテーマと向かい合っている。

いつまで続くかけ、わからないが。

新聞連載中に大変お世話になった文化部の岩岡千景さん、単行本にするにあたり、いろいろなアイディアを贈られた廣川建司さん。だれよりも読者の「あなた」に心からの感謝を。

二〇一四年一月

落合恵子

「わたし」は「わたし」になっていく

2014年 3月22日　初版発行
2015年 5月31日　二刷発行

著者　落合恵子

発行者　川瀬真人

発行所　東京新聞
〒100-8505
東京都千代田区内幸町 2-1-4
中日新聞東京本社
電話　03-6910-2521［編集］
　　　03-6910-2527［営業］
FAX　03-3595-4831

印刷・製本　大日本印刷株式会社

装幀　森　敏明
本文　岩佐寛子［ロコ・モーリス組］
表紙撮影　岡崎正人
絵　長野美穂

定価はカバーに表示してあります。
乱丁・落丁はお取り換えいたします。

ISBN 978-4-8083-0986-2 C0095
日本音楽著作権協会（出）許諾第 1400494-502号